戦国《せんごく》小町《こまち》苦労譚《くろうたん》

十二、哀惜の刻

夾竹桃

イラスト
平沢下戸

登場人物紹介

綾小路静子（あやのこうじしずこ）

戦国時代へタイムスリップしてしまった元農業高校生（現在20代半ば）。信長や濃姫、馬廻衆たちに振り回されながらも様々な開発を進める。狼たちと農作業がいちばんの癒し。

織田上総介平朝臣信長（おだかずさのすけたいらのあそんのぶなが）

尾張国の戦国大名。本作では40代半ば。美濃と伊勢を平定後、信長包囲網に苦戦するも、三方ヶ原の戦いで武田軍に勝利。

濃姫

信長の正室。斎藤秀龍（道三）の娘。好奇心旺盛かつ聡明で、信長もタジタジ。

織田信忠（おだのぶただ）

織田信長の嫡男。幼名は奇妙丸。静子の革新的かつ合理的な考えを吸収し、信長の後継者として成長。

森可成（もりよしなり）

信長が最も厚く信頼する武将。「攻めの三左」という異名をもつ槍の名手だが、宇佐山城で負傷する。

家臣団

前田慶次利益

前田利久の養子。紆余曲折あり、静子の馬廻衆として信長が派遣した。

可児才蔵吉長

慶次同様、いろいろあって派遣された。

森長可（勝蔵）

森可成の次男。荒くれ者として手に負えず、静子のもとへ派遣される。

彩（あや）

静子に仕える小間使いの少女。10代後半。とても冷静な物腰で静子の世話を焼く。

おっさんず

五郎

京生まれの見習い料理人だったが、紆余曲折を経て濃姫の専属料理人として雇われる。

みつお

タイムスリップ後、足満と行動をともにしていた元畜産系会社員。

足満

タイムスリップする前に、静子宅で暮らしていたこともある。過去の記憶はほとんどない。実はやんごとなきお方。

静子の養子

四六（しろく）

虐げられて育てられた信長の子。双子の兄。静子の元へ養子に出される。

器（うつわ）

双子の妹。14歳くらい。

あらすじ

歴史オタクな農業JK・綾小路静子は、ある日戦国時代へタイムスリップしてしまう。突然目の前に現れた憧れの武将・織田信長を相手に緊張しつつも、自分が〈役に立つ人物〉であることをアピールした結果、静子は鄙びた村の村長に任命される。現代知識と農業知識を活用させること数年後、村は超発展。

能力を買われた結果、異色の馬廻衆（慶次、才蔵、長可）を率いつつ戸籍を作ったり、武器の生産に着手したりしているうちに織田家の重鎮にまで登り詰めてしまった静子。織田包囲網が激化してからは静子軍を結成しゲリラ戦を展開させたり、新兵器で敵を翻弄させる一方で、グルメ研究や動物の飼育、女衆の世話に追われていた。

そしてついに迎えた三方ヶ原の戦いで、彼女は決定的に歴史を塗り替えてしまう。静子の知略に完敗を喫し切腹という形で人生を終わらせた武田信玄と、危機をうまく回避した上杉謙信……石山本願寺の挙動に不安を残しつつ、忙しくなるばかりの静子の生活は「母」になることで一変。信長の子・器と四六を養子を迎え、内政に勤しむ静子はまた新しい一年を迎えるのだった——

戦国小町苦労譚　十二

哀惜の刻・目次

天正三年哀惜の刻

天正三年　哀惜の刻

千五百七十六年　一月上旬　一

天正三年の元旦を迎えた。史実ならば武田《たけだ》軍が敗走するという歴史的合戦である『長篠の戦い』が起こった年である。

毎年恒例の出来事ではあるが、元日の静子邸は侍女や小間使いたちを実家に帰しているため閑散としていた。

今も静子《しずこ》邸に詰めている面子と言えば、正月の勤務にのみ支給される各種祝いものと割増手当を狙う衛兵たちと、彩《あや》のように天涯孤独の身となり帰省先を持たぬ者のみであった。

「新年あけまして、おめでとうございます。本年もよろしくお願いします」

静寂に包まれた静子邸の奥の間で、静子の声が響いた。珍しく凛とした表情を浮かべ、口上を述べると皆に向かって頭を下げた。

「あけましておめでとうございます、静子様。本年もよろしくお願い致します」

静子の挨拶に対し、対面に正座している四六《しろく》が挨拶を返す。続いて同席している皆も、順に挨拶を述べると静子が声を掛けた。

「よし！　じゃあ、ここじゃ寒いから居間に戻ろう」

そう言うや否や、真っ先に居間へと戻り、半纏《はんてん》を着込むとコタツに足を突っ込んだ。

事前に火を入れていたコタツは十分に暖かく、その熱を堪能しながら破顔する様は童女のようであり、とても織田《おだ》家重鎮の威厳など感じられなかった。

静子に続いて彩、足満《あしみつ》、四六、器《うつわ》らもコタツを囲み、血の繋がりは一切ないが真に近しい静子の家族が勢揃いしていた。

「一応祝い肴《ざかな》と、お神酒《みき》が用意してあるから、四六と器は口だけつけてね。縁起物だから無病息災を願ってってことで」

静子は禁酒令のため子供たちと同様に舌先を湿らせるのみとし、彩と足満は盃を一息に飲み干していた。

「それじゃ、お料理を頂こうか。でも、元日だけなんだよね。食っちゃ寝できるのは」

例年であれば二日目に主君である信長《のぶなが》や信忠《のぶただ》への年賀の挨拶と酒宴への参加、三日以降も織田家家中同士での挨拶回りをはじめ、自領の街々での年賀を寿《ことほ》ぎ、静子が元締めとなる各種事業の初出式にも参加するなど、年始からイベントが目白押しになっていた。

また、信長の子である四六と器を養子に迎えたことで、静子に対する周囲の対応が如実に変化していた。

今までは静子が子をもうけず、何処の家とも明確に繋がりを作ろうとしなかったため、どれほど栄達を果たそうとも一代限りの成り上がりとみられていた。

しかし、主君筋より後継ぎを賜ったことにより、主家が静子の家系を正式に承認したと認知された。

つまりは静子の没後も織田家譜代の臣として遇される家となったのだ。しかも極めて主家に近く、多くの事業を抱えた権勢を誇る存在ということになる。

これが良いか悪いかと言えば、どちらの面もあるため一概には言えないが、静子の内心はともかく世間的には良いことと見做《みな》される。

「明日からは忙しくなります。昨年末に先触れを頂いている方だけでも一昨年の倍以上になりますし、それ以外にも静子様と誼《よしみ》を結ぼうと、飛び込みで年賀の挨拶に来られる方に至ってはどれ程になることか……」

権勢が続くと認識された瞬間から、実に様々な人間が静子と繋がりを持とうとし始めた。節操がないと言うなかれ、『寄らば大樹の陰』という言葉もあるように、彼らも生き残る為には手段を選んではいられない。

尤《もっと》も、静子にはいちいちそれに付き合ってやる義理など無いのだが、生来の性格故か彼女はそれを受けるつもりのようだ。

「夕方には蕭《しょう》ちゃんが戻ってくるから、最終確認をお願いね。当日になれば、私は置物状態になるだろうし、流石《さすが》にあの人数を覚えられるとは思えないからね」

「かしこまりました」

静子が苦笑しつつ彩に命じる。例年、年賀の挨拶に関する一切を彩が取り仕切っていた。しかし、今年は人数が倍以上にも跳ね上がり、応対に家格を求められる人物が予定されているため、彩だけでなく蕭も加わる必要があった。

彩は静子の家臣としては最古参であり、金庫番をも務める側近中の側近として静子の信任を最も厚く受けているということは周知のことである。

それでも彩の出自は平民であり、家格など無いに等しい。今までも静子の家へ貴人が訪ねてくることはあったが、全員が実情を把握しており、彩に対して何かを口にすることなど無かった。

しかし、今年からはそうも言ってはいられない。平民出の彩を矢面に立たせれば、訪問客は不満を抱き、彼女も不愉快な言動を受けることになる。

そんな狭量な人物とは顔を合わせる必要はないと静子は憤慨するが、配下の事情で主君の行動を制限する訳にはいかないと彩が申し出たため、急遽蕭に白羽の矢が立った。

「今年はわしも同席しよう。才蔵《さいぞう》と共に背後に控え、不心得者が余計な口を叩かぬよう、睨みを利かせてやるわ」

お神酒の後は、熱燗を手酌でやっていた足満が会話に加わる。四六は口を挟まず聞き役に徹し、器は腹が満ちたのと暖かさから来る睡魔に負け、コタツの天板に顔を載せたまま眠りに落ちていた。

静子は己の着ていた半纏を脱いで、眠り込んだ器の背に掛けてやり、別の半纏を取り出して着込むと、再び自分の席へと戻った。

「程々にしてね。うちの流儀を相手に押し付けることになるから、よほど目に余るようならお願いします。足満おじさんは凶顔と言うか、視線に殺気が宿っているように見えるから」

「……相手次第だ」

殺気を込めている自覚があるのか、静子の指摘に足満は顔を逸らす。意外に子供っぽい足満の反応に静子は顔をほころばせる。

それに気付いた足満は、雰囲気を変えようと咳払いをして話題を振った。

「まあ挨拶の応対は面倒だが、昔と異なり静子を娶《めと》ろうとする輩が居らぬだけでもマシか」

以前ならばいざ知らず、今の静子は朝廷の頂点、五摂家筆頭の近衛家の娘であり、更に静子本人が官位を得ている上に織田家家中でも有数の重鎮に収まっている。

戦国時代の常識に倣えば既に薹《とう》が立っている静子だが、その地位は燦然《さんぜん》と輝かんばかりであるため、最早おいそれと声をかけることすら難しい。

ましてや家同士の縁を繋ぐ結婚ともなれば、主君である信長や義理の親である近衛前久《さきひさ》の思惑も絡むため、下手に色気を出そうものなら命取りになりかねない。

「表立っては言わないだけで、玉の輿に乗らんとたくらむ愚か者は毎回おりますが、今年は摘みだしましょうか？」

「逆恨みされても困るからね、あの手の人間は適当にあしらえば脈がないと悟ってくれるから」

彩の言葉に静子は苦笑しながら返す。無論、適当にあしらえるようになったのは近年のことだ。

かつて静子が綾小路《あやのこうじ》家の次期当主と内定した際、真っ先に持ち上がったのが婿問題であった。誰ならば当主の配偶者となるに相応《ふさわ》しいかを、現当主である静子の祖父や、父、叔父、伯父が議論し始めた。

しかし、その話はすぐに静子の祖母のしるところとなり、年端もいかぬ静子に当主を押し付けただけに飽き足らず、家に都合の良い配偶者まで押し付けようとは非道にもほどがあると非難した。

その甲斐あってか、静子の婿選びは先送りとなり、男系親族が密かに相手を見繕うだけに留まっていた。

静子とて人の子である以上、恋愛感情が無い訳ではない。当然誰かを好ましく思うことはあるし、恋愛小説や漫画を読んで、その劇的で燃え上がるような恋に憧れる気持ちもあった。

しかし、そんな10代の女子として当然の感情とは裏腹に、静子には致命的な問題があった。

交際経験は皆無だが、女が数人も集まれば恋愛が話題となることは必然であり、誰が好みかという話になった際に静子が挙げた人物の名は、友人が揃って「そいつはやめろ」と口にするほどであった。

静子の姉に言わせれば、「男と見る以前に、人間として見た時点で問題がある」と語った程である。

静子は所謂《いわゆる》、男を駄目にする女の典型例であり、多少の（他人から見れば多少どころでは無い）欠点は自分が一緒に補えば良いと思っていた。

自分が良いと思う人物を口にする度、総がかりで否定されることに絶望した静子は、10代半ばにして悟りの境地に達していた。

即ち「自分のことを心配してくれる祖父母や両親が決めた人と恋をしよう」という、ある種諦観にも似た受け身の姿勢を持つようになっていた。

このような経緯もあり、信長が「我が子を養子に」と話を持ち掛けてきた際、静子は義務感からではなく「私を最も高く評価してくれている上様が決めたのだから大丈夫」と、むしろ安堵さえ覚えていた。

欠点のみを見ずに美点を探して見るという静子の恋愛音痴は、人材発掘・人材育成という点に於いては有利に働くのだから皮肉としか言いようがない。

「家が絡む私なんかより、年頃の彩ちゃんこそお相手を考えないとね。良いお相手を見つけてくれるよ！　上様が！」

自分の男性観が酷いということを重々承知している静子は、彩の結婚相手を信長に探して貰う算段を立てていた。しかし、当の彩自身が結婚に乗り気ではないため、話は宙に浮いたままとなっている。

「結婚願望はございません。それに、今の静子様を見ていると、心配でとても結婚などしていられません」

「ふっふーん！　人間は成長する生き物だよ。こう見えても私は、ちゃんと成長しているんだよ！」

「そうですか。ならば私が所帯を持って、お側を離れても大丈夫ですね？」

「え!? あ! そうなるのか……いや、ちょっと待って。やっぱり不安があるので、彩ちゃんさえ良ければ一緒にいてくれないかな?」

「はい、承知しました」

既に彩が居ない生活を想像できなかった静子は、諸手を挙げて降参すると、恥も外聞もなく慰留を持ち掛ける。

心情を無視し、人的資源としてだけ見た場合でも、彩は静子の急所とも言える存在になっていた。

仮に彩が居なくなったとすれば、織田家を支えていると言っても過言ではない程の財を誇る、金庫番を任せるに足る人物はそうそう見つかるものではない。

静子を信奉する者は多くいるが、国を揺るがす程の財と権力を前にして無欲を貫ける人間という条件付けが加われば、砂漠に落とした一粒のダイヤを探すに等しい難易度となる。

何年も掛けて様々な状況での振る舞いを見定めた上で選別し、次いでその地位にふさわしい教育を施してようやく金庫番を任せることができる。

こいつに騙されるのならば、それは自分が悪かったのだと諦められる程に信用できる人間、それが静子にとっての彩であった。

「四六はいずれ私の後を任せることになります。良い縁を繋いで、心から信用できる人材を今から確保するようにね」

「はい」

静子の言葉に四六は決然と返事をし、未だ夢の中の妹を見て、更に決意を固める様子だった。

静子はやや気負い過ぎに思える四六の様子を見て、少し不安に思わないでも無かったが、失敗も経験となると身に沁みて理解している以上、それ以上の干渉は控えることにした。

本当に潰れるようなことがあれば、事前に自分が支えてやれば良い。木の上に立って見る、静子は無自覚ながら「親」という漢字の成り立ちに副《そ》った心情を抱いていた。

「それよりも四六の側近を募集しないとね。私の側近みたいに色物集団って言われなきゃ良いんだけど」

「色物とは心外だな」

「自分が今の時代の主流だって胸を張って言える？」

「…………忠義の臣ではある」

たっぷりと間を置いて返事をした足満だが、静子と目線を合わせようとしない時点で、規格外の存在だと認めているようなものだった。

「自分で言うのもなんだけど、私が色物だから『類は友を呼ぶ』で皆が集まったのかな？」

「世間に顔向けできぬようなことをしているでもなし、色物であったとしても恥じる必要など有りはせぬ」

「ま、そうだね。あ！　そうそう新年初勝負をしようよ！」

「また将棋か。わしは構わんが、毎度負けると判っているのに、良く続くものだな」

「駒落ち無しの平手で指せるようになったんだから、今に吠え面かかせてあげるよ」

「ふっ……それは楽しみだ」

足満の余裕綽々と言わんばかりの態度に、静子が精一杯の虚勢を張る。

足満にとっては子供がムキになっているようで、むしろ愛らしいとさえ思えるため、彼が静子をからかうのをやめることは当面ないだろうと思われた。

「くっ！　ビール造りが軌道に乗ったからって油断していると足を掬われるんだからね！」

まるで相手にされていないと悟った静子は、自分の得意な方面から攻めることにした。

日本酒よりもビールを好む足満は、同じく酒好きのみつお（こちらは酒と名のつくものは全て好き）と結託してビール造りに精を出していた。

現代の酒税法とは異なり、個人的な研究範囲に於ける酒造は課税対象とならない。

いずれ織田領の特産となる産業の研究だと嘯《うそぶ》けば、誰憚《はばか》ることなく堂々とビール造りに取り組めるのだ。

たとえ製造分の全てを、自分達で消費するだけの結果となっていてもだ。

他者に理解を求めない足満の態度に危機感を抱いた静子は、彼をビール製造の総責任者に任命した。『立場が人を作る』という言葉があるように、ある程度の地位に就けば、それに相応しい振る舞いをするであろうことを期待しての措置だった。

最新の設備と人員を与えられ、予算も付いて立派な事業体としての体裁が整うと、開き直ったのかそれとも期待に応えようとしたのか、一転して拡大路線に舵を切ってホップ畑や大麦畑を整備し、それとは別に大豆畑にも手を入れ始めた。

「枝豆は丹波の黒豆に限る！」

ビールのつまみに枝豆を欲し、戦略物資ともなる大豆を若いうちに収穫して枝豆にし始めたのを見て、静子は頭を抱えることになった。

足満の言う『丹波の黒豆』とは丹波黒とも呼ばれる品種であり、豆は大粒で丸く、口当たりの良い食感を持ち、表面に白く粉を吹いたような見た目をしている。

現代に居た際にそれを口にした足満は、丹波の黒豆に惚れてしまった。古くから篠山地方で栽培され、年貢として納められていたと足満は図書館通いで得た知識を語った。

しかし、丹波黒のルーツは江戸時代に波部六兵衛《はべろくべえ》と波部本次郎《もとじろう》らが生み出した優良な品種『波《は》部黒《べぐろ》』にあると言われている。

農業に関しては祖父より徹底して英才教育を受けていた静子は、それ故に戦国時代には丹波の黒豆が存在しないと語って聞かせた。

それを聞いても足満の情熱が翳《かげ》ることは無かった。それでも『波部黒』の元となる在来種があるはずだと主張し、無理を言って明智光秀《あけちみつひで》より豆を融通して貰うと、自分達で作り出すと息巻いて畑に植え付けてしまったのだ。

「かつての丹波の黒豆には劣れども、手塩にかけたビールと枝豆！　わしは今、最高に人生を満喫しておる」

厳しい寒さの中、わざわざ氷室《ひむろ》の中でキンキンになるまで冷やした湯呑にビールを注ぎ、同じく秋口に収穫して冷凍しておいた枝豆を解凍し、塩ゆでしたものを頬張る。

コタツで暖まりながら枝豆を食べつつ、冷たいビールを流し込む。まごうこと無きおっさんスタイルを貫く足満に、静子はため息をついて、せめてもの反撃に嫌味を言った。

「足満おじさん、中年っぽいよ」

「中年……」

静子の一言が予想以上の効果を上げた。普段の仏頂面が嘘のように足満は悄然と項垂《うなだ》れてしまった。

わしは腹も出ていないし、禿げてもおらぬ、加齢臭も漂ってはおらぬはずなどと小声で呟いている様子を見るに、足満が抱く中年のイメージは現代のそれに固定されているようだった。

男性にとって中年という言葉は禁句なのかなと思いつつ、静子は致命的な精神的ダメージを負った足満の背中をさすりながら、彼の小声にいちいち大丈夫と追認することで慰める。

彩と四六は初めて見る足満の醜態に、真夏に雪でも降ったかのように見入ってしまっていた。

皆が抱く足満のイメージと言えば、質実剛健かつ冷酷非情であり、必要とあらばたとえ赤子であっても眉一つ動かすことなく斬り捨てる人物だ。

その要不要の判断ですら基準が自身になく、静子にとってメリットがあるか否かで決定している節があり、たとえ信長からの命であろうとも静子にとって害となると判断すれば躊躇《ちゅうちょ》なく反抗する。

基本的にお人よしの静子と異なり、他の人々が忌避するような行為であっても必要ならば率先して手を染めるなど、暗部を担う人物というのが余人の抱く足満像であった。

為政者というのは綺麗ごとだけでは務まらず、飴と鞭の鞭部分ばかりを進んで引き受けてくれる足満の存在は、静子の不足を補う不可欠のものであった。

ゆえに誰からの悪評をも意に介さぬ足満が、こうまで意気消沈している様など皆が想像できる範疇《はんちゅう》を超えていた。

「私はいつも『おじさん』って呼んでいるけど、もしかしてそれも嫌だった？」

「それは構わぬ。『小父《おじ》さん』と慕ってくれていると理解しているのでな。しかし、中年は違う。

わしはテレビで嫌と言うほど見てきたのだ、だらしなく突き出した腹に脂ぎった肌、娘からも臭いから洗濯物を別にしてくれと言われる存在。わしは決してあのようにはならぬ！ それに、中年と言えばみつおのようなイメージだろう？」

「ああ！ 五郎さんもみつおさんを『おっさん』って呼ぶもんね。たまに鶴姫ちゃんが凄い目で見ているけど、本人は気付かないものなのかな？」

「五郎は鈍い。それに言われている本人のみつおが気にせぬのだから構わぬのだろう。それよりも、みつおの家族自慢の方が辟易するわ」

「私も縁側で話しているみつおさん達を後ろで眺めていたけど、あれは凄いよね。良く毎日そんな細かいところまで見ているなって感心するのと、溢れんばかりの愛情とそれを表現する美辞麗句で胸焼けしそうになったよ」

「一度として同じ台詞《せりふ》を口にせぬのに、全体としては同じことを繰り返し述べるのだから、付き合わされる方は堪ったものではないがな」

「鶴姫ちゃんも、今や一男一女の母になっているんだから驚くよね。随分と身体《からだ》も丈夫になったみたいだし」

順調に話題が逸れていることに安心しつつ、みつおの名が挙がったことで静子はふと思い出していた。

みつおの妻である鶴姫は、長女を産んだ後、数年を空けて長男、椿丸《つばきまる》を出産している。嫡男を望んだ鶴姫に対し、授かったのは女児であったため、再び妊娠を望んだ鶴姫に対し、みつおが体調を戻すことを最優先した結果であった。

もとより若齢出産過ぎて母体に極度の負担が掛かったのだ、静子が病院を作っていなければ天に召されていただろうことは疑いようもない。

しかし、立派な世継ぎを産むことこそが己の存在意義の第一であると、強迫観念にも等しい程に刷り込まれている鶴姫にとっては、なかなかに認めがたいことであった。

その為、みつおは毎日鶴姫に寄り添い、如何《いか》に自分が鶴姫を大事に思っているかを説き、愛を囁《ささや》き、献身的に世話をすること三か月。ようやく鶴姫が自分を曲げて、療養期間を設けることを受け入れた。

しかし、その折の副作用も発生しており、鶴姫が抱くみつおへの愛情は偏執の域に達してしまった。

現代ならば独占欲からヤンデレにでもなるのだろうが、そこは奥ゆかしい教育が施された良家の子女、異常な過干渉とはならずに一歩引いた立ち位置に踏みとどまっている。

そして、みつお自身も重すぎる妻の愛を受け止めるだけの度量があった。同じ年ごろであったなら到底成し得ないことだが、二回りも年上であるため、全てを包み込む大人の余裕があった。

誰の目にも仲睦まじいおしどり夫婦だが、現代の価値観を引きずっている（イタリア人なみに露骨な）みつおの愛情表現は、戦国時代の人々には刺激が強すぎた。

「みつお様は……その……情熱的な方ですから」

「彩ちゃん。無理に褒めなくても良いよ。あれは誰が見ても行き過ぎているから……ね？」

彩もみつおと鶴姫が連れ添っているところを見たことがあるのか、珍しく頰を染めて眉根を寄せていた。

この時代に於ける武家の女と言えば世継ぎを産み、主人が踏み入らぬ奥向きの一切を取り仕切って、家を守るのが役目である。

男が外、女は内へと分業が為されており、その関係性は男女と言うよりも相棒に近い。

勿論、浅井長政《あざいながまさ》とお市《いち》、豊臣秀吉《とよとみひでよし》とおね、前田利家《まえだとしいえ》とお松《まつ》のように、お互いに好き合って夫婦となった例もある。

しかし、それらが後世にまで伝わっているのは、珍しいことであるからこそ記録に残っているという側面があった。

その上で、それらを遥かに上回るのがみつおと鶴姫であった。畜産試験場で働くみつおに、手製の弁当を持って日参する鶴姫。

天気の良い日には、木陰でみつおの膝に座った鶴姫が、みつおの口へ手ずから料理を運ぶ姿が見受けられる。現代であったとしても、流石に胸焼けするような光景であるため、この時代の人々にとっては言わずもがなであろう。

「親馬鹿ならぬ嫁馬鹿よ！　アレはな」

「流石にそれは言い過ぎ、愛妻家って言わないと」

「そんな生ぬるいものか！　かつて『刑事コロンボ』とやらも、えらく嫁自慢の長い男だと思ったが、みつおのそれは度が過ぎる」

疲れたように重いため息をつく足満を見て、彼をビール造りに誘ったばかりに惚気《のろけ》話の餌食となった足満を少し憐《あわ》れに思った。尤も代わってやる気などさらさらないのだが。

「そんなに凄い方なのですか？　そのみつお殿というお方は」

唯一、みつおと鶴姫の関係を目の当たりにしたことのない四六が首を傾げつつ疑問を口にする。

「うーん。人品も卑しくないし、優れた技術も持ち合わせ、家庭人として考えた時には理想的な父親なんだろうけど……」

珍しく静子が言いよどむ。それでも何とか次の言葉を絞り出した。

「母親として、あれを見せても良いのか悩むところだけれど、何事も経験だよね。みつおさんに会うのなら、その後に何も予定の無い日にしなさいね」

「判りました。いずれ時機を見て伺うことにします、静……母上」

四六は静子様と口にしかけて、慌てて言い換える。四六が静子を母と呼ぶようになったのは、年の暮れに慶次《けいじ》にそそのかされて静子の自室を訪ねたのがきっかけであった。

四六は長く逡巡したのち、これまで自分達が受けた恩を少しでも返したいと申し出た。そこで静子は自分のことを母と呼んでくれるのならば、それが最高の礼となると伝えた。

贅沢を言えば器のように自発的に母と呼んで欲しいのだが、性別の異なる男の子であり、難しいだろうと考えた結果であった。

子供を産むどころか、恋人すら居ない自分が母親の役目を果たせるのかという不安もあったが、やらずに迷うよりはやって悩む方がマシだと割り切った。

「みつおさんに会いに行く前には、必ず私に声を掛けること。予想以上にきついからね、温かいご飯とお風呂を準備しておいてあげる」

そう言って静子は微笑《ほほえ》んだ。子供の行動を見守り、その後のことに心を巡らせる様はまさしく『母』の姿であった。

家族水入らずの正月気分は終わりを告げ、正月二日目は早朝より鉄火場の気配となっていた。下々の身分ならば最低限の挨拶以外はすることもなく、ゆっくりと体を休めることができるのだが、織田家有数の重臣である静子に与えられた休暇は一日のみであった。

今までは信長が岐阜城に居たため、それほど時間を掛けずとも年賀の挨拶に赴くことができていた。

しかし、今年は信長が安土におわす為、最低限の供を引き連れ、荷物を積んだ馬に跨って丸一日以上を掛けて出向く必要があった。

こうした経緯もあり、静子自身が二日目の応対に忙殺されることも加味し、例年信長へ二日目に挨拶をしていたのだが、七日目にすることとなった。

対外的には東国征伐の結果に対する罰とされているが、内実は静子の負担を少しでも減らすための配慮であった。

例年通り静子の家臣達も二日になると、次々と戻ってくる。彼らは静子へと年賀の挨拶を済ませると、来客を迎えるための準備に奔走することになる。

主だった織田家の重臣は、前日から安土入りしており、この日に静子の許を訪ねてくる者は近隣の有力者の他、公家達の遣いなどが列をなしている。

昨年より準備していたとはいえ、何か不手際があれば静子の名誉に傷がつくため、侍従達は殺気立っていた。

戦場さながらとなった二日、三日が過ぎると来客は一段落するため、今度は静子が荷物を纏めて安土へと出立することとなる。

中でも正月三日に至っては、信長への挨拶を済ませた織田家の関係者が直接赴いたり、名代を遣わせたりするため、気の抜けない応対で疲労困憊《こんぱい》となった静子は、荷作りをしながら柱にもたれ掛かって休息を取る。

かつて静子は信長から拠点を安土へ移すという話を聞かされた際に、尾張の本宅以外に各拠点に対して別宅を構えることにした。

信忠のお膝元である岐阜、帝のおわす都であり、義理の父である前久も利用する京屋敷、そして主君たる信長の拠点たる安土にも屋敷を作るよう指示を出していた。

ここで意外な人物が活躍することとなる。早い時期から静子と誼を結び、信用を勝ち得た商人として、久次郎《きゅうじろう》は近江でも名の知れた大店《おおだな》の主となっていた。

さまざまな事業を扱う静子に対応するため、これという商材を定めず、様々な領域の商品を調達する、現代で言う総合商社のような業態を取った異例の商会、屋号を『田上屋《たなかみや》』と称する。

彼は屋号の由来となった田上山の檜《ひのき》材を一手に扱う静子の総代理店となり、彼の差配によって良質な木材を供給する体制を作り上げることで、莫大な利益を上げた。

静子に関する産品で、一定以上の規模の取引をしようとすると、田上屋を通さねば調達できない。こうした特権に浴しながらも、久次郎は手を緩めなかった。

売り手良し、買い手良し、世間良しの三方よしの教えを守り、自分を頂点とした組織を作り上げて再配分することで、地域一帯の名士として成り上がり、周囲を味方に付けることに成功した。

そんな男が、静子の安土進出の報を聞いて放っておくはずがない。早速名乗りを上げると、静子の安土屋敷の全てを自分が賄うと宣言した。

田上山の檜材をふんだんに用い、建築中もずっとのぼり旗を立てて、田上屋の名前を織田家に与《くみ》する勢力の隅々にまで知れ渡らせることに成功していた。

静子という注目の的に対して現代で言うスポンサーになることで、自分の名前と商い及びその隆盛ぶりを喧伝《けんでん》してみせた訳だが、静子は久次郎のご恩返しという言葉を真に受けて義理堅い人だと思っている。

事実として静子は無償で立派な屋敷を得て、久次郎は織田領各地の有力者に、便宜を図れば恩義を感じてお返しをしてくれる義理堅い信用できる商人だと宣伝でき、周辺地域の人々を人足《にんそく》に雇うことで雇用を生み出し、見事三方よしを体現してみせたのだった。

そのような曰く付きの物件である安土の邸宅に、静子達一行が到着したのは五日の夕刻になろうかという時であった。

「さて、明後日の昼から挨拶だから、それまではゆっくりしようか」

そう呟いた静子が、実際にゆっくりと休息を取れたのは四半刻（30分）だけであった。

「お休みのところ、申し訳ございません。静子様へ年賀のご挨拶をしたいとお申し出の方々がいらっしゃいます。如何《いかが》いたしましょうか？」

「……流石に今からは無理ですが、お名前を控えてこちらから連絡を差し上げると伝えて貰える？」

予想だにしていなかった大勢の訪問客に、使用人たちは大慌てすることとなる。最優先は明後日の午後に予定されている信長との謁見であるため、それ以外については優先順位を付けて対応する必要がある。

別宅でも挨拶を受けるとは考えていなかった静子は、使用人たちも最低限しか連れておらず、多くは現地で採用した住み込みのものだけである。

失礼のない対応ができる人数を想定しつつ、訪問者の一覧を眺めていると、あり得ない人間の名前が記されていることに気が付いた。

「え!?　何でこの人の名前が載っているの？」

訪問者名簿の中ほど、そこにはこう書かれていた。神戸三七郎、と。

千五百七十六年　一月上旬　二

あまりにも予期し得ない名前を目にしたため、静子は訪問者名簿を矯《た》めつ眇《すが》めつした挙句、灯火に透かして裏から確認さえした。

そこまでやっても墨痕《ぼっこん》鮮やかに認《したた》められた名前が変化することはなく、もちろん元々あった名前に上書きされたわけでもないということが確認できただけであった。

「達筆だから見間違いかとも思ったけど、どう見ても神戸三七郎《かんべさんしちろう》（織田信孝《のぶたか》）だよね。なんでまた？」

眉間にしわを刻んだまま静子は首を傾げるが、当然彼女の問いに応える者はいない。

そもそも静子は織田家嫡流（この場合、信長、濃姫《のうひめ》、信忠）とは懇意にしているが、庶流に位置する信孝との交流は無いに等しい。

庶流で交流がある人物と言えば、信長の実妹である市が挙げられるが、彼女は織田家の人間ではなく浅井家の人間とみなされる。

信孝に関しては、かつて伊勢街道整備の不備にて信長の怒りを買い、あわや斬首かというところを静子がとりなした経緯があり、その後も伊勢方面開発事業にて協力したことはあるものの没交渉であることは疑いようもない。

「狙いは判らないけれど、面会を断るわけにもいかないし、会ってみるかな」

信孝の思惑は判らないものの、仮にも信長の直系に連なる人物であるだけに迂闊《うかつ》な対応をするわけにはいかない。

即座に返事の文を認めると、信孝の滞在先へと使者を遣わせた。

翌朝、静子は年賀の挨拶希望者への応対に駆り出されていた。今回の対応はあくまでも臨時的なものであり、対応順番に身分が考慮されず、受付順に実施することとなった。

信孝へは昨日のうちに、使者を通じて面会の繰り上げを打診していたのだが、そのような気遣いは無用と遠慮の返事があったため午後の一番目で受け付けたと伝えている。

彼の身分を鑑《かんが》みれば、順番を抜かしたところで問題にはならないのだが、それでも律義に順番を守る辺りに次男の信雄《のぶかつ》との違いが窺えた。

「神戸三七郎様がおいでになりました。ご案内してもよろしいでしょうか?」

「判りました。お通しして下さい」

静子が昼餉《ひるげ》を済ませ、午後からの挨拶を受ける刻限が迫る頃、小姓が信孝の来訪を告げた。

(信雄が絡まなければ常識人なんだよね……どんな用件なんだろう?)

静子が抱く信孝のイメージは、信雄と一緒になって何かしら問題を起こす残念な人物というものだ。

しかし、かつて伊勢一帯の開発事業を行った際に受けた報告では、実直かつ聡明な好人物となっており静子のイメージと食い違っていた。

「謹んで新年をお慶び申し上げる。ながの無沙汰をしておりますが、如何お過ごしか?」

信孝は静子との会見に際して、堂々とかつ礼儀正しく振舞っていた。何かと信雄に対抗心を抱き、短慮な振る舞いを見せるイメージとは大きくかけ離れた信孝の姿があった。

落ち着いた物腰と洗練された所作で、新年早々に忙しくしている静子を気遣う素振りすら見せている。

こうしてみると信孝が優秀であることは疑いようもない。信長の才を最も色濃く受け継いでいるのは信忠だが、信孝も信忠の後塵を拝せども、それ程大きく劣るわけではない。

信雄が絡むと残念な部分がクローズアップされてしまい、その印象が人物像として定着してしまったという不遇な男であった。

(この子は信雄が絡むと何かと失態を演ずるけれど、それ以外では大きな功績も無い代わりに手痛い失敗もしていないんだよね)

良く言えば堅実であり、悪く言えば小さく纏まっているのが信孝であった。

自身の領地に関しても、信長の手法を手本にして問題なく運営しており、いくさに関しても手堅い戦術を好む巧者である。

領土的には近くに位置していながら、今までは信孝側が積極的に関与してこなかったため、静子としては信孝に関する情報を集めてこなかった。

今回はそれが災いし、どういった思惑で信孝が動いているのか読めずにいた。

（うーん、世間話をしに来たという訳じゃなし、ここは少し水を向けてみるかな？）

挨拶を皮切りにお互いの近況を話し合ったり、巷間で噂となっているような世間話に終始したりしているが、信孝が先ほどより何度も本題を切り出したい素振りを見せているため、助け舟を出すことにした。

「そう言えば昨年末は伊勢神宮での大祓《おおはらえ》に多くの参拝客が集まったと小耳に挟みましたが、なかなかのご盛況だと伺っております」

「そうですな、稀に野盗が出たとの報せが上がっているものの、参詣者に大きな被害が出たという話は聞きませせぬ」

「それはようございました。伊勢参詣者の保護に関しては、上様もお気に掛けておられますゆえ」

信長は常々「わしは宗教を根絶やしにしたいなどと考えてはおらぬ。信仰を餌に信者を集め、数を恃《たの》んで権力を持たんと野心を抱く輩を排除しているに過ぎぬ」と公言している。

これは配下の武将たちだけにとどまらず、瓦版を通して広く民たちへも信長の声が届くようにしていた。

（あれはプロパガンダという側面もあると思うし、その辺りは足満おじさんが絡んでいるんだろうなあ）

戦国時代に於いては瓦版ですら画期的なマスメディアであり、現代の新聞に近い立ち位置を確立している。

未だにパルプ紙の開発ができておらず、わら半紙にガリ版刷の瓦版と言えど原価は安いとは言えない。

しかし、信長は瓦版事業に大きな助成金を出すことで広く安価に瓦版を民へと提供していた。

これは信長をして安い投資とは言えないが、それでもマスメディアを握ることにはそれだけの出費を許容するだけの意味があった。

即ちスポンサーである信長にとって都合の良い情報を流すことで、民たちへ『それと知らずに思考を誘導されている』という状況を作り出しているのだ。

信長の政策もあって織田領内に限れば識字率も向上しており、今のところ彼の政策は成功を収めていると言える。

「そうそう、伊勢神宮と言えば出入りの商人が口にしていた話があるのですが、神戸様のお時間が許すのならお聞きになりますか？」

「伊勢神宮が絡むとなると他人事とは申せませぬ、お伺いいたしたい！」

信孝は我が意を得たりと言わんばかりに前のめりとなった。静子は彼の態度から、彼の本題が伊勢神宮に関する何事かにあると当たりをつけたのだが、どうやら的を射ていたようだ。

信孝からしてみれば、己の弱みを女人である静子に晒すことへの躊躇があったが、彼女から話題を振って貰えれば随分と話を持ち掛けやすい。

露骨に上機嫌となった信孝を見て、静子は少し苦笑しつつも話を続けた。

「伊勢神宮への参詣に関して、海路を利用できるなら快適な旅となりますが、民草の懐事情では高い船賃は支払えませぬ。さりとて陸路は街道が整備されたとはいえ、高低差から来る勾配もあり、なかなか安穏とはいきません」

「然様《さよう》。陸路を往《ゆ》けば日数が掛かり、それに比例して多くの食料が必要となる。さりとて持てる荷物には限りがあり、遠路を歩むためには少しでも荷物を少なくしたいというのが人情」

「流石は神戸様、商人たちが口にした話というのもそこです。街道の長さに対して食事や寝床を提供できる施設が不足しています。今は行商人たちが道端に露店を出すことで対処しているようですが、冬場ともなれば野宿は厳しく、雪でも降ろうものなら途端に物流が途絶えてしまいます。もちろんご領主たる神戸様はご存じかと思いますが……」

「確かにそのような陳情は幾つも受けておりまする。実り豊かな季節ならば、付近の村々で食料を調達することも叶いますが、冬場は村々にも余剰の食料は少なく、死者すら出ている始末」

現状の認識が食い違っていないことを確認できた静子は、一つ頷くと言葉を続けた。

「そこで参詣者の増加に合わせた宿場町の拡大と、商人たちに店舗を貸し出されては如何でしょう?」

「商売の許可を与えるのではなく、こちらが店舗を用意して商人たちに賃貸せよと仰るのか!?」

「はい。街道が整備され治安が良くなったことや、尾張一帯をはじめとした金回りの良くなった民たちが挙《こぞ》って伊勢詣でに出かける昨今、彼らの需要に対応するのは急務と存じます。しかるに自前で店舗を用意できる商人となると、当然数も少なくとても需要を満たすことはできませぬ。そこで初期に大きな資金が必要となる店舗をこちらで用意してやることで、小規模の商人たちにも参入の機会を与えるのです。勿論、これには大店の商人たちが良い顔をしないでしょうから、棲み分けを行います。大店の商人たちには裕福な層を相手にして貰い、我々は安さを求める旅人たちを主要な客層とするのです」

「なるほど! 新規参入の敷居を下げ、我らは売り上げに課す税と家賃で資金を回収するわけですな。一方的に割を食う形となる大店の商人にも、自前で店舗を用意するなら税の減免をすると謳《うた》ってやれば……」

「流石は神戸様、当意即妙《とういそくみょう》とはこのことですね。物売りの店に関してはこれで良いとして、問題となるのは宿《やど》でしょう。既にある宿は庶民の懐具合では、おいそれとは泊まれぬと聞きます。そこで我らの用意する宿では、薪代程度で泊まれる代わりに大部屋にて雑魚寝《ざこね》をして貰うというので如何でしょう？」

静子が語った宿の原案は、史実では江戸時代に用いられた宿の方式である。

静子の言う低価格で素泊まりをする宿を木賃宿《きちんやど》と呼び、個室が宛がわれ食事も提供される形式の宿を旅籠《はたご》と呼んでいた。

木賃宿は文字通り自炊するための薪を提供するだけの宿であり、食事の支度等は共用の竈《かまど》を用いて自分でする必要があった。

宿泊費に関しては場所によって異なるため、現代の貨幣価値に換算した一例を示すなら木賃宿では一泊8～9百円程度に対し、旅籠では4～7千円ほどとなっており、5倍以上の価格差が設定されていた。

「ふむ、野宿と比べれば雨風を凌げる上に竈も使えるとなれば利用者は多くなるだろう。宿場ごとにそうした宿があるとなれば、伊勢詣での安全性は高まり、更なる集客も見込めよう」

「仰る通りです（流石は上様の血筋、理解が早く応用も利く）」

「しかし、全ての宿場に対して相応の数の店舗を用意するとなると、流石に金の工面が難しい」

「まずは宿場間の距離が大きく、不便な立地を選んで始めれば良いかと。次の宿場までが遠いとなれば、少々割高になろうともしっかりと休息を取ろうとするでしょう。新たな宿場町を一から作るとなれば多くの資金が必要となりますが、これならばすぐにでも始められますし、上手く回るようならば順次展開してゆけば良いでしょう」

「確かに。既に道行《みちゆき》に難儀しているという声があるのだ、需要に対して供給が追い付いておらぬ証拠よ。万が一、商《あきな》いが失敗しようとも建物さえ残れば我らの懐は痛まぬという寸法か」

「人が動けばつられて物が動きます。そこには必ず商機がありますし、宿や店にならずとも物資を備蓄しておく倉庫として利用すれば無駄にはならないでしょう」

「我らは伊勢詣での参詣者に対してこれだけのことをしていると示せば、何ら対策を講じぬ領主との差を浮き彫りにできるというもの」

その対策を講じぬ領主とやらが誰かは容易に察しがついたが、下手に藪《やぶ》を突《つつ》くこともあるまいと沈黙を保って笑みを浮かべるにとどめる静子。

「流石は名にし負う『織田家相談役』、良き案を頂戴した。早速この案を持ち帰り、臣下の皆と協議しよう……即断即決とゆかぬのが我がことながら情けなくはあるが、性分ゆえ仕方なし」

信孝は自嘲するかのように呟いた。果断さに定評のある信長と比較して、己を卑下しているように思えた静子は、無意識に言葉を発していた。

「人にはその人なりの長所が御座います。臣下の意見を聞き入れ、相談される神戸様だからこそ支えようとする者もおりましょう。そのようにご自身を卑下なさるものではありません」

「そうか、己を貶《おとし》めれば私に従う家臣をも貶《けな》すことになるのか。浅慮であった、お忘れ頂きたい」

「いえ、出過ぎたことを申しました」

「いや、静子殿のお言葉は実に有難かった。我らのように人の上に立てば、不興を買うと判って諫言《かんげん》する者は少ない。これだけでも今日、こちらに伺った価値があるというもの」

信孝は穏やかな笑みを浮かべ、静子に新年の挨拶をするよう勧めた父、信長の真意を悟った。

信孝は静子を嫡流に与する人間だと考えていた。しかし、それが己の思い込みに過ぎなかったことを、この僅かな時間で察することができた。

信雄との件で迷惑を掛けたこともあり、己が遠慮して関係を遠ざけていただけであり、彼女は差し伸べられた手を払いのけるようなことはしない。

信孝と信雄の関係性を考慮し、余計な騒動に発展しないよう片方に肩入れをしないようにしているだけだと理解した。

(己にとって利とならぬことであっても、彼女は相手の立場に立って真剣に考えてくれる。父上が静子殿を重用されるのも当然というものか)

ここに来るまで、如何にして己の弱みを見せずに静子から利益を引き出せるかと頭を悩ませていたのが、馬鹿らしくなる思いであった。

だからこそ、今まで誰にも明かしたことのない悩みを、静子にならば打ち明けても良いと思えた。

「卓見をお持ちの静子殿に、一つご相談したき儀が御座います」

「相談……ですか？」

「少し込み入った事情となるゆえ、すぐに解決できるとは思っておりませぬが、貴女《あなた》の意見を伺いたい」

込み入った事情と聞いて、静子には思い当たるところがあった。

恐らくは犬猿の仲である信雄との確執に関することだと当たりを付け、余人に聞かせて良い内容ではないと察した静子は、先手を打つことにした。

「判りました。少しお待ちいただけますか？」

そう一言断ってから小姓を呼び、最低限の護衛を残して人払いをするように伝える。静子の身辺を護衛する最後の守りである才蔵すらも、襖一枚隔てた続きの間へと下がった。

それを見て信孝も佩刀《はいとう》を外して静子に預け、己の従者についても別室に下がらせる。それが静子の誠意に応えることになると信孝は考えた。

人払いが済み、室内に静寂が満ちた頃合いを見計らって、信孝が口を開く。

「既にお察し戴いているように、相談の内容とは我ら兄弟の確執に関する話となります。自分で言うのも憚られるが、私は大きな功績をあげられぬ代わりに、手痛い失敗を犯すことは少ない。例外的に伊勢街道整備に関して、父上直々に叱責されるという醜態を演じたが、父上はあれ以降の成果を以て功罪相殺すると仰っていた」

信孝の認識は間違っていない。織田家の重臣が居並ぶ中で、信長より足蹴にされた挙句、あわや斬首というところまでいったが、信長は己の失敗を悔いて行動を改める者に対しては寛容だ。他ならぬ信長が功罪相殺すると言ったのなら、かつての失態は挽回できたと思って良いだろう。

「なればこそ、未だに言動を改めず、同じ失敗を繰り返す者より下に置かれるということがどうにも我慢ならぬ」

（やっぱり信雄より序列が低いことに対して不満を抱いているのね。確かに実力主義の織田家に於いて、明らかに功績に差が生じているというのに序列が不動だというのは納得できないか……）

史実に於いて信孝が信雄を嫌っていたという一次資料は存在しない。しかし、二人の立場を考えれば、その様な資料が残るはずがないということも静子は理解していた。

仮に存在していたとしても、最終的に生き残った信雄側が抹消するだろうし、信孝側の家臣達も醜聞を嫌って証拠が残らぬよう手配する可能性は捨てきれない。

ずば抜けた知名度を誇る信長であってすら、彼の内面に関する資料は殆《ほとん》ど存在しないのだ。

己の心情を吐露するような資料や、その人物の心情を察することができるような資料は、己の弱みを晒すことを良しとしない戦国時代の習いとして残る可能性は少ない。

「かつて上様は、血を分けた実の弟と家督争いをされました」

「その話は聞いている。しかし、父上の場合と私の場合では事情が――」

「その家督争いを後押ししていたのが、実の母親だったとすれば如何ですか？　上様ご本人は決して口にされませんが、その心情は決して穏やかでは無かったでしょう。他ならぬ己の母が、自分を殺そうとしているのですから、骨肉の争いを上様が忌避されるのもご理解いただけるかと」

咄嗟《とっさ》に状況が違うと口を挟もうとした信孝だが、続く静子の言葉に押し黙ることとなった。

父である信長が、実弟と家督争いをしたというのは知っていたが、その裏で手を引いていたのが他ならぬ信長の母であったとは知らなかった。

「それでも上様は弟の謀反を一度は許されたと聞いています。弟の助命を請うた母が、再び弟を担いで裏切ったとあっては、流石の上様も処分を下さずにはおけなかったのでしょう。それゆえ、上様は我が子が地位を巡って骨肉の争いを繰り広げる様を見たくないのでしょう。一度決めた序列は動かぬと示せば、野心を抱く第三者の介入を排除できますゆえ」

「そうであったか……」

「勿論、これは私の推測であって、上様のお心は窺いようがありません。しかし、神戸様が如何に功を積もうとも、対する北畠《きたばたけ》様がどれほどの失態を犯そうとも、兄弟間の序列が動かぬことには故があるとご納得いただけませんか？」

「いや、腑に落ちました。私が抱く不満は、父上が私を認めて下さらぬのは我が母の身分が低いゆえと邪推しておりました。私とあ奴は既に相容れぬ程の仲となりましたが、それでも血を見ておらぬのは父上のご配慮によるものだったのですな。そう考えれば、互いに仲違いするよう仕向けられたと思い当たる節もあります」

「ご当人同士がどうあれ、それぞれを担ぐ家臣の間で利害が衝突すれば、どうしても力関係の渦に巻き込まれます。それを極力排するよう苦慮された結果が、兄弟間の序列不動なのでしょう。最上とは申せませぬが、心情が絡むことゆえ他に良い案があるわけでもありません。不器用な上様が精一杯示された身内への愛情と思えば、少しはお心も安らぎませんか？」

「ふふ、不器用なのは親譲りというわけですな。ああ、喉元に閊《つか》えていた棘が取れた思いです。父上は我らに確かな情を向けておられた。ならば私は、私のできることで父上と兄上（ここでは信忠を指す）の覇業を陰ながら支えましょう」

信孝の表情は落ち着いていた。

既に対立構造の出来上がってしまった信雄との確執は、そう簡単には無くならないが、少なくとも信孝側から仕掛けることはなくなるだろうと静子には思えた。

（『男子、三日会わざれば刮目して見よ』って諺《ことわざ》に言うけれど、信孝が変われば切腹を申し付けられる未来も変わるかな？　奇妙《きみよう》様あたりは余計なことをするなって言いそうだけど、信孝が唐突に私の処へ来たのも上様が裏で絵を描いていそうだし……仕方ないよね）

静子から見て信忠は、時おり信孝を気にする素振りを見せることがあった。

今までは跡目に関する兄弟間での心理的な確執があるのかなと静子は思っていたが、信孝と接する内に信忠の心情を察することができた。

信孝は良くも悪くも信長の才能を色濃く受け継いでいる。彼が信忠と比べて明らかに一枚劣っていたのは、己の心情を制御できないことによる足の引っ張り合いを演じていたからだ。

その明らかな欠点が克服されれば、カリスマ型の信忠とは違った訴求力を持つ国人となり得るポテンシャルを秘めていた。

中央集権型の信長や信忠とは異なり、信孝を理解し、彼を支えんと家臣団が力を寄せ合うという、いわば史実の徳川家康《とくがわいえやす》に近い国作りをする。

史実に於いてどちらが生き残ったかを考えれば、信忠の焦りも杞憂とは言い切れない。

そんな相手の成長を促したのが、他ならぬ静子と知れば信忠とて文句の一つも言いたいところだろう。

しかし、そうした静子の人柄を信忠自身も好んでいるのだから、文句と言うよりは愚痴に過ぎず、信忠は弟の成長を苦笑しながら受け入れることは疑いようもない。

「そう言えば、兄上は息災であろうか？」

「年の暮れにお会いした時は、お変わりないご様子でした。年が明けてからはまだお目に掛かっていませんが、明日上様へ年賀の挨拶に向かう際にお会いすると思います。何か言伝《ことづて》がおありでしたら、承りますが？」

「いや、息災であれば構いません。静子殿ならご存じかと思い、伺ったまでです」

「いえいえ、お守《も》りの真似事をさせて頂いていた昔ならいざ知らず、今は知らないことの方が多いくらいです」

「然様ですか（静子殿が抱く兄上の印象は、手の掛かる弟に対する姉のそれだな。果たして兄上に、静子殿を父上から奪いとることができようか？）」

信忠が静子に認められようとしていることを知っている信孝は、まるで眼中にない扱いを哀れに思いながらも、面白そうなので黙って見守ることにした。

翌日、静子から信孝との顚末を聞いた信長は一言だけ呟いた。

「知った風なことを抜かしおって」

そう一見不機嫌に見える態度を取る信長だが、彼の口元には小さな笑みが浮かんでいた。

千五百七十六年　一月中旬

予期せぬ来訪者があったものの、つつがなく年始の行事を終えた一月中旬。日ノ本を群雄割拠する国人達に激震が走った。

「皆も既にご承知のように石山本願寺にて謀反がありました。指導者であった顕如《けんにょ》と教如《きょうにょ》は拘束され、本願寺内に幽閉されていると思われます。そして此度《こたび》の事件の首謀者ですが……下間頼廉《しもつまらいれん》にございます」

事件発生直後から本願寺の山門は閉ざされ、全ての門前に高札が掲げられた。それには「救いを求めて集《つど》った衆生《しゅじょう》を惑わし、修羅道《しゅらどう》へ堕《お》とさんとした仏敵を討つ」と書かれており、武装解除が済むまで閉門するとあった。

間者より第一報が齎《もたら》された直後より、静子は真田昌幸《さなだまさゆき》に命じて詳しい情報収集を実施させていた。

現場は混乱しており、本願寺内では火の手が上がったのか、煙が立ち上る場面すらあったという。

しかし、時間の経過と共に徐々に情報が集まり始め、昌幸の手によって集約・精査され裏が取れた情報が前述のものとなる。

軍議に居合わせた者すべてが唖然としてしまい、気が付けばしわぶき一つ聞こえない静寂が満ちていた。

頼廉と言えば本願寺勢の知恵袋であり、織田軍にとっては幾度となく煮え湯を呑まされた怨敵と言える。

頭数ばかりが多くて練度の低い本願寺勢力が、曲がりなりにも織田軍の精鋭と善戦を繰り広げられたのは、頼廉の存在によるところが大きい。

「今まで行方《ゆくえ》を晦《くら》ませていた頼廉が、ここにきて下克上を企てた上に武装解除を宣言するなんて……」

「死亡説すら流れた頼廉ですゆえ、これを予想できたものは居りますまい」

「そもそも頼廉はどうやって兵を率いて本願寺へ入ったの？」

「前提条件として本願寺への主要な陸路及び海路は、佐久間《さくま》様の手勢によって封鎖されております。頼廉は佐久間様の監視網にかかることなく本願寺へと入ったことになります」

「謀反が成功するほどの人数の兵が動いて見つからない筈がない……となれば封鎖される前に内側に入り込んでいたと考える方が自然か……」

「恐らくは難民に紛れ込んで内部に入り込み、機を見て一斉に蜂起したのではと推察します」

「本願寺への補給路は今や水路のみ、それも海側から遡上は佐久間様が封鎖済みとなれば、残るは闇夜に紛れて上流から川を下るしかない……そこに多くの兵を乗せる余裕はないよね」

「侵入路が何処にあったにせよ、本願寺にて武装蜂起が起きた。これは事実にございます」

どれだけ実現性が低く見えても、不可能を排除して残ったものが真実に近い。

補給路の封鎖を担っていた佐久間が、信長から叱責されていない以上、信長自身も封鎖を潜《くぐ》り抜けて頼廉が本願寺に入ったとは考えていないのだろう。

更に言えば、静子が謀反の詳細について報告をした際も、信長は眉一つ動かすことなく淡々と聞き入っていた。

（まさか……今回の謀反、裏で絵を描いていたのは……）

折しも降雪が多くなる一月中旬である。雪深い日本海側の陸路は殆どが使い物にならず、残された街道は織田家の手の者が厳重に警備をしている状況だ。

本願寺で謀反が起こったという情報は、必然的に伝わりにくくなる。仮に情報が漏れたとしても、逆賊である頼廉を討伐しに軍を差し向けることができない。

「街道及び関所の人員を増員して。手が足りなければ、尾張の防衛に残してきた兵を動員しても構いません」

事件の黒幕を察した静子は、彼が望む結果を後押しすべく手を打った。即ち内部の情報を外部に漏らさぬよう封鎖するのと、外部からの干渉排除である。

「誰が裏で糸を引いているにせよ、今回の謀反は我々にとって利となる。この流れを良しとしない勢力に情報が漏れると困るから、本願寺の武装解除が済むまで厳戒態勢を敷きます」

「はっ！」

「関所では女子供の出入りを厳重に確認するように。情報を持ったまま他国に逃げられるわけにはいかないから。真田さんは、間者狩りを徹底してください。誰の手の者かを確認する必要もありません、発見次第始末するよう命じてください」

「ははっ」

この時代の情報は人によって運ばれる。つまり人の出入りを制限してしまえば、情報の移動を封じることができる。しかし、人員の限界から全ての情報を完全に遮断することはできない。

通常人が通らないであろう山道などを、命懸けで駆け抜けられることまでは防げない。そこで静子はもう一計を案じることにした。

「更に情報の攪乱《かくらん》もやりましょう」

「攪乱……ですか？」

「完全に情報を遮断してしまえば、そこに厳重に秘された何かがあると嗅ぎつけられる。それならばいっそ恣意《しい》的に情報を与えた人間を逃がせば、誤った情報を真実として喧伝してくれるでしょう？ まあ荒唐無稽な話を吹き込んでも誰も信じないと思うから、真実を半分、共通の情報を三割、個別の嘘を二割混ぜて放ちます。真実と共通部分は全員が同じことを話すので、すぐに共有されるでしょう。最後の二割の嘘によって充分な精査が済むまで迂闊に動けなくなる楔《くさび》としますす」

「なかなかにいやらしい手を使うな、静っちは」

口笛を吹いて茶化す慶次だが、静子の策が有効であることは疑いようもない。人の口に戸は立てられぬし、いつまでも秘密を秘密のままにしておくことなど不可能だ。

ならば、真実の情報という真水に、嘘という名の毒を混ぜる。そこに致命の毒があると知った上で、その水を口にできる者は少ない。

可能な限り何度も確かめ、毒が含まれていないことを確認してから、ようやく飲めるようになる。しかし、水と同じく情報には鮮度があり、その頃には既に無価値となっていることも忘れてはならない。

「情報戦ってのは地味な努力を積み重ねた方が勝利するのよ。外部に流す話ができたら、外見の良い人を選んで情報を流して下さい。情報は誰から聞いたかというのも信憑性を左右します。裕福そうなもの、身なりの良いものからの情報は比較的受け入れ易いですから」

「こちらの息が掛かった商人たちには伝えないのか？」

「今回は本願寺から逃げてきた人、またはそれに接触した人っていう建前が重要だからね。何度も同じ手を使うと、見破られ易くなるんだよ勝蔵《かつぞう》君。真田さんは本当に本願寺から逃げ出してきた人にも接触してください。味方を装って保護を申し出、こちらの望む情報を吹き込んだら逃亡を援助してあげましょう」

「ははっ、承知しました」

昌幸の返事に静子は満足げに頷いた。

静子達が開いた軍議から数日もすると、東国や西の毛利勢力下に於いて本願寺に関する様々な噂が飛び交う状態となっていた。

中には真実を命懸けで持ち帰ったものも含まれているのだが、既に玉石混交状態となった中から真実のみを拾い上げることなど不可能に等しくなっていた。

世の人々は本願寺で何か大きな事件が起きたという事実を知り、その結果として「本願寺が崩壊に至る状況となった。否、織田家が頑なに隠そうとしているが、実は本願寺が包囲を突破して織田家に迫っている」などという真逆の内容の噂話が無責任に振りまかれるようになった。

「難しい任務を見事果たして下さり、ありがとうございます」

「勿体なきお言葉」

静子は昌幸に感謝を告げた。どう転ぶか未知数の状況を見事制御しきるというのは、口で言うのは容易《たやす》いが、実行するとなると至難となる。

昌幸が稼いでくれた時間は、本願寺が解放されるまでの安全を担保する値千金のものとなる。

事がここに至れば、静子が手を打たずとも武装勢力としての本願寺崩壊は避けられなかったであろう。

しかし、この一手によって無用の損害を防ぎ、本願寺平定後の日ノ本統一に向けた勢いを保つことができるのだ。

(敵を欺《あざむ》くには、まず味方から。本当に出し抜かれるとは思いませんでしたよ、上様)

静子は、頼廉の謀反を成功に導いた黒幕を信長だと確信していた。信長に裏を取った訳でも、本願寺側から情報が入った訳でもないが、事態が収束するまでは下手に動く訳にはいかない。

全てが終わった後、信長に確認すれば良いと考え、今は我慢することにした。

「それで、本願寺の状況はどう?」

「未だ山門は固く閉ざされておりますが、雑賀衆《さいかしゅう》を乗せた船が川を下ったと聞き及んでおります」

「……傭兵を解放したってことは、武装解除は着実に進んでいるようだね。頼廉は何故謀反を起こしたんだろう？ 下剋上の野心があったなら、今までにも幾度となく機会はあったはずだし……」

頼廉にその気があったのなら、軍を事実上把握していた彼ならばもっと早い段階で実権を握れたはずなのだ。

状況がこれほど悪くなってから権力を握ったところで旨みなど皆無であり、むしろ戦後処理に於いて割を食う可能性の方が高い。

「推測ではありますが、目星はついております。裏取りをしておりますゆえ、今しばらくお待ちくだされ」

「苦労を掛けます。でも、無茶はしないでくださいね。ここで無理をして有能な味方を失う愚は避けたいですから」

信長から明確な指示が無い以上、リスクを承知で深追いするよりも、リスクを抑えた上で可能な限りの情報を拾う方が上策と言える。

「高札の内容が事実なら、もうそろそろ結果が出る頃合いでしょう。恐らくは僧兵辺りが僧房に籠って抗戦してるんでしょうね。下手に蜂の巣を突く訳にもいきませんし、ここは静観しつつ情報を探りましょう」

「承知しました」

物見役からの報告では、時折山の中腹辺りから煙が立ち上っているのが目撃されている。

中央集権化されているとはいえ、特殊な社会構造を持つ宗教結社特有の問題が立ちふさがり、そう易々とは武装解除できないのだろう。

しかし、静子としても本願寺だけにかまけてはいられない。

(与吉君《よきち》はそろそろ安土城の落成によって手が空くことになる。築城に関する引く手は数多《あまた》あるけれど、安土城の内情を知る人間を易々と動かすわけにはいかない。それに昌幸殿も充分に実績と存在感を示せたから、そろそろ判り易い手柄を立てさせてあげたい。となると、少し癪《しゃく》だけれど、秀長殿《ひでなが》の思惑に乗るしかないかな)

現状、織田家家臣団に於いて大きく面目を潰してしまったのが秀吉である。毛利を抑える橋頭保を築くという難行だが、それだけに見事果たせば一躍家臣筆頭に躍り出る可能性すらあった。

しかし毛利の守りは固く、別所《べっしょ》を始めとした織田方に与する国人の裏切りを許してしまった。最終的に別所の調略に靡《なび》くことなく、織田方に付くと明言した東播磨の国人は僅か二人となっていた。

「羽柴《はしば》殿は兵数で他所《よそ》に劣るのよねえ……」

静子の軍も兵数で言えば中規模であるが、高い練度と充実した最新式の装備という優位性がある。それゆえ、少々の兵力差は力技で覆すことができるのだが、これは誰にでもできる訳ではない。

特に秀吉軍は兵数の割に率いる将が少なく、兵自体も武装農民や地侍、牢人などが多い。その為、秀吉に対する忠誠心ではなく、金銭欲に支配された軍隊となっている。

これは秀吉軍特有の事情という訳ではなく、この時代の武将がもつ普遍的な問題だ。ここで問題となってくるのは、秀吉自体が成り上がり途中の人物であることに起因する譜代の家臣不足である。

明智光秀や、柴田勝家《しばたかついえ》、佐々成政《さっさなりまさ》や前田利家などは武家の出自であるため、代々家に仕える老将や側近などが揃っている。

しかし、足軽または百姓上がりと言われる秀吉には、そうした脇を固める人材が圧倒的に不足していた。

「……しがらみを持たないのはメリットでもあるけど、デメリットも大きいよね」

己の力のみで人を集める必要があったからこそ、人たらしとさえ呼ばれる秀吉の才能が開花したのだろう。

「さて……どう動かしたものか」

大判の紙に写し取った地図を広げ、各陣営の状況を整理する。頼廉の謀反によって毛利側は若干劣勢へと変化していた。

今までは間に本願寺を挟んでいたからこそ、直接対決を避けられていたという状況だったが、本願寺が織田方へと転んでしまえば、真正面から織田家と対決せねばならない。

対する織田家は、東国に若干不安はあるものの、中部地方から近畿一帯を完全に抑え毛利のみに注力できるようになる。

一方毛利は、虎視眈々と機会を窺う九州勢を背後に抱え、南には織田家と手を組んだ長宗我部《ちょうそかべ》が居座っている。

如何に毛利といえども、三方面から同時に攻められては一たまりもない。ここに汚名返上、捲土重来《けんどちょうらい》を狙う秀吉を一枚嚙ませねばならない。

「羽柴殿が播磨の別所と丹波の波多野《はたの》を討てば、再び織田対毛利の直接対決に持ち込める」

秀吉を毛利攻めに嚙ませようとすると、彼に期待される役割は余りにも過酷となる。決して失敗が許されず、毛利攻めの要とも言える立ち位置にあるため、秀長が密かに静子へと協力要請を打診してきている。

自らの立身出世の為とは言わず、織田家の為というのを前面に押し出してくるところが小賢しい。

「そうは言っても私の軍を大量に動員されても困ると、我が儘《わがまま》まで言われるんだから面倒だよね」

静子軍を大量に引き込み、最新式の武装で以て役割を果たしたとして、それは果たして秀吉の手柄と認識されるだろうか？

それならばいっそ、最初から静子に任せて秀吉は引っ込んでおれば良いと言われてしまえば反論できなくなってしまう。

ゆえにあくまでも主役は秀吉軍でありつつ、突破力に優れる『程よい軍勢』の派遣を秀長から望まれていた。

選り好みをしている状況では無いのだろうが、今後の展開を考えるなら静子に借りを作ってでも手柄を立てねばならないのだろうと静子は察していた。

「うん、相談しよう！」

自分一人で考えたところで良い案が浮かばない。それを自覚した静子は足満、慶次、昌幸の三人を呼び出した。

「という訳で、みんなの意見を聞きたいな」

「向こうの要望通り、新式銃部隊だけを送れば良いんじゃないのか？」

経緯を説明した上で、静子が三人に意見を求めると、真っ先に慶次が投げやりに返す。

明らかに気乗りしない態度を隠そうともしない処を見るに、慶次にとって気に入らない点があるのだろうと静子は察した。

「羽柴殿の要求は、我らを矢面に立たせると言うのに、手柄は自分達が頂くと宣言しているに等しい。他人の褌《ふんどし》で角力《すもう》をとろうとする輩は好かんな！」

「まあ好き嫌いは別としても、此度のいくさ、我らに『旨み』が無いのが気にかかる」

慶次の意見を受けて足満が実利面を強調する。足満にとって静子が出陣するというリスクを取るのに、それをするだけのメリットを得られないことが不満であった。

「確かに明確に何かを得られると約束して貰った訳ではないね。ただ、毛利に関しては上様も気を揉んでおられるからねえ」

「本当にどうにかしたいなら、直接静子に命があるだろう？」

「お二方と同意見です。上様が毛利攻めに静子様を指名されないのには、それ相応の理由がおありの筈。現状、何らご指示が無い状態で動くことに利があるとは思えませぬ」

慶次に続き足満も否定的な意見を述べ、最終的に昌幸もそれに同意した。静子としても元より多くの兵を送るつもりはなく、戦況が優位になれば早々に引き上げるつもりだった。

しかし、こうも否定的な意見が揃う以上、兵を送ること自体に良い感情を抱かないものが多いと思われる。

「あ、そうだ！」

協力要請を断ろうかと思いかけた静子だが、一つ気にかかることが思い浮かんだ。

「足満おじさん、狙撃兵を訓練してるって言ってたけれど、どんな状況？」

「現状で狙撃と言える成果を出せるのは五名ほどだな。銃弾を金属ガイドで連結した五連装弾は完成したが、装塡する度に遊底《ボルト》を操作する必要があるため、再度照準を定めるのに時間がかかる。まあ、一分に二、三発撃てれば上等だ」

「それでも相手に発見されない距離から先手を打てるなら上出来だよ。じゃあ、ここで実戦での最終調整をしてみない？」

静子の言わんとするところを理解した足満は、一瞬考え込む素振りをみせたが、すぐに表情を引き締めた。

「どうやら侍の出番じゃなさそうだ。んじゃ、俺は東国征伐でお声が掛かるまで英気を養うとするよ」

元よりやる気のない慶次は、自分の出番がないと判断するや興味を失って席を立った。

昌幸も同じく席を立とうとしたが、それを静子が手で制する。

「今回、狙撃兵の部隊を真田さんに率いて欲しいのです」

「某《それがし》がですか!?　しかし、率いようにも某は狙撃というもの自体を存じ上げませぬ。実情を良くご存じの足満殿が率いられるのが筋では？」

「足満おじさんだと、他人に理解を求めないからダメなの。一応協力要請に応じて派兵する以上、受け入れ先の部隊と連携も取れないといけないし、相手の反応を見ながら腹芸もこなせないとね？」

「なるほど、確かにそちらは某の得意とする処。狸《たぬき》の面目躍如《やくじょ》ですな」

静子の言葉に昌幸が笑みを浮かべる。釣られて静子も笑みを浮かべるが、社会不適合者のように言われた足満は仏頂面である。

「私から言えるのは、接敵するような戦闘は避けて、かな？」

「それでは静子様が臆病者と呼ばれ、顔に泥を塗ることになりましょう」

「そもそも狙撃ってのはそういうものなんです。見つかった時点で負けと言っても過言じゃない、優秀な狙撃兵は臆病でないといけない。蛮勇を誇るために手塩にかけて育て上げた狙撃手を失う訳にはいきませんから」

「承知しました。それ以外の運用は某に一任頂けると？」

静子の覚悟を試すように昌幸が訊ねる。武士にとって不名誉とされる行為であろうと、必要とあれば実行するぞという内容が込められていると察した静子は応える。

「構いません。狙撃兵の性質を考えた上で、真田さんが一番上手く扱えると私は判断しました」

静子は昌幸の問いに対して、責任は自分が取ると請け合った。昌幸は表情を引き締めると、足満に向かって頭を下げた。

「某は狙撃と言うものを知りませぬ。今の某が狙撃兵を率いたとて、彼らの真価を発揮させてやることは叶わぬでしょう。そこで某に狙撃の『いろは』をご教示頂きたい」

「……付け焼刃は鈍《なま》り易い。誰であろうと容赦せず厳しく仕込むが、構わんな？」

昌幸は静子にとって不名誉となる行為も辞さない己を、足満が良く思わないことを承知で彼に教えを請うた。

手加減されては意味がない。狙撃とは何なのかを短期間で体得するためには必要な措置であった。


更に数日が経ち、石山本願寺に掲げられていた高札は下ろされた。それと同時に各門前に武器が箱詰めされた状態で山と積まれ、武装解除が成されたことを示す一方、引き続き門は閉ざされたままであった。

本願寺は戦力を放棄したものの、明確に織田の軍門に降《くだ》る訳でもなく、かと言って毛利側と連絡を取ろうとするでもなく、沈黙を守り続けている。

頼廉の思惑が読めない各勢力は、それぞれに本願寺に対して使者を送るが、全てが門前払いされる結果となっていた。

武装解除を契機に、信長は佐久間に対して封鎖を解くように命じており、積荷を検《あらた》められはするが物資の補給が再開された。

「どの事業も順調に成績を上げているね」

本願寺のことは一旦脇へ置いて、静子は自分が関与する各事業の定期報告書を読んでいた。事業を継続する以上、日々色々な問題が発生するが、それらは適切に処理され致命的な問題は起きていない。

「だいぶ経営を任せられるようになってきたね」

組織とはある目的に向かって取り組む秩序ある集団を指す。こう定義されるように組織に於いては、目的が非常に重要視される。

目指すべき明確な目標があり、それに向けて道筋をつけるのが戦略であり、より効率的な順路を決定するのが戦術と言える。

組織にとって目指すべき目的が明示され、組織員全員がそれを意識し、日々進捗状況を見ながら邁進《まいしん》する組織は強い。

逆に目的が定まっておらず、漠然と業務に取り組んでいる組織は、組織員の力を充分に発揮できず、組織全体が徐々に腐ってしまう。

「高い研修費を払ってMG研修に参加させてくれたお祖父《じい》ちゃんに感謝だな。何が人生で役に立つかは判らないもんだね」

MGとはマネジメントゲームと呼ばれ、元ソニー社員であった西順一郎氏が1976年（昭和

51年）に世に出した、経営者育成ゲームである。

ソニーが開発したゲームであるため、ソニーの思想や理念を受け継いだソニーマンを育成することを主眼に置いてデザインされている。

このゲームの優れている点は、経営とは何かを全く知らなくても、四則演算さえできればゲームを通して企業運営の勘所を押さえられることにある。

田舎の豪農とは言え、一国一城の主となることが内定している静子は、祖父の紹介で十四歳からMG研修に参加することになった。

経営の「け」の字すら知らない静子は、祖父から純粋にゲームと思って楽しんでおいでと送り出され、二日間の研修を終えて帰宅した頃には疲労困憊という様子だった。

しかし、回数を重ねるにつれ理解が深まり、参加者との交流も増え、楽しんで自発的に取り組むようにすらなった。

研修の性格上、この研修を受ける対象は新入社員や経営者及び幹部社員であることが多い。そこに女子中学生が交じるのだ、皆が静子を可愛がった結果、取引のある銀行と経営について具体的な数字を使って語れる女子中学生が出来上がった。

MG研修を通じて知り合った著名な経営者たちの入れ知恵もあって、経営計画に銀行員を巻き込み融資利率の引き下げを実現するまでになった静子の姿があった。

ＭＧ研修を勧めた祖父としては、ゲーム形式で経営を学べるなら静子にもできるかもしれない。異例の抜擢を受けて当主となることが内定した静子にとって、箔が付けられれば御の字だと思って申し込んだのだが、本人に予想以上の適性があったのは嬉しい誤算だと言える。

因《ちな》みに初回ＭＧ研修から帰った静子の疲労ぶりを見た静子の祖母をはじめとした女性陣からは、自分達の都合で静子に無理をさせていると詰《なじ》られ、静子に笑顔が戻るまで針の筵《むしろ》状態を余儀なくされた。

「アレのお陰で経営を判り易く他人に伝えられるし、自分と同じ視点で経営を見られる人を育てられる。著作権的にはアウトなんだけど、一応西先生の名前は入れているからお目こぼしして貰おう」

静子は自分が全ての経営を見ている状態はダメだと考え、自分以外にも経営者を育成しようと文官候補から数字に強い面々を抜擢して簡易版ＭＧ研修を仕立てて一緒に取り組んだ。

アラビア数字はおろか、アルファベットにすら拒否感を示す彼らをなだめ、一緒にゲームをやった。どうやればもっと良い成績が出るのかを互いに語り合い、やがて各々が独自の戦術を編み出すようになった。

やがて彼らと数字を交えて経営計画を語れるようになり、彼らは更に部下へとＭＧの和を広げていくという好循環が始まった。

いずれは静子の学校でもカリキュラムに組み込もうかと思う程に設備も充実し始めている。

こうして事業の運営を配下に任せることができ、静子に余裕ができる体制が整った途端に飛び込みの依頼が入るのは、運命のいたずらと諦めるしかない。

「四国は長宗我部氏が頑張っているから、裏から少しサポートすれば十分だね。雑賀衆は結局殆どが商売に戻ったから、傭兵集団としての雑賀衆は店じまいかな」

本願寺を脱した雑賀衆は、信長の斡旋《あっせん》もあって真っ当な商売へと舵を切った。

いくら傭兵稼業に固執したがったところで、武装を整えるための銭すらないのでは話にならない。そんな状況であっても生きていくには飯を食わねばならず、信長は彼らに初期費用の融通さえ申し出た。

雑賀衆と織田家の確執は命のやり取りをしただけに簡単には拭《ぬぐ》えないが、それでもこの融資を恩義と感じる人々は多い。

彼らが雑賀衆の主流派となっていけば、いずれ織田家との確執も取りざたされることは無くなるだろう。

「混乱時に関所で紀州有田のミカン（紀州ミカン）を手に入れたけれど、本格栽培にはまだまだ苗が必要だなあ。どうせなら種なしミカンにしたいんだけど、この時代だと縁起が悪いしなあ……」

この時代では種なしだと子宝に恵まれないという迷信が根付いており、明治期に入るまで種ありのミカンが喜ばれ、種なしのミカンは忌避された。

因みに種なしミカンもバナナの時と同様、最初は偶然の突然変異によって誕生したものである。

根強い迷信もあって甘くて種の無い温州ミカンの栽培は難しい。試験的な栽培は可能だろうが、本格的に営利栽培をするとなれば紀州ミカンを選んだ方が実入りが見込める。

「九州となると……また久次郎さんにお願いするしかないか……」

千五百七十六年　二月中旬

近江有数の大店『田上屋』の店主にして、静子の御用商人でもある久次郎は九州へと足を延ばしていた。

彼の見立てによると、本願寺との連携を失った毛利では織田家の覇業を阻むことはできず、遠からず戦火は九州へ迫ると読んでいた。

そうなれば戦災での遺失を避けるべく、静子が芸事保護に乗り出すのは自明であり、その為の足掛かりとして自らが乗り込んで現地で静子を支援できる体制を作りあげるべく奮闘していた。

商人との取引と異なり、武家たる国人たちとの取引に於いて現金や現物以外では説得力に欠ける。

とは言え、流石の静子といえども遠く離れた九州の地で、大金やそれに準じた価値ある現物を用立てるには海路を通じて輸送するほかない。

そこで御用商人でもある自分が九州に先んじて拠点を持ち、現金や現物の都合を付けられるとしたらどうだろう？

到着するまでに日数を要する上に、海難事故等による全損すらあり得る海運と異なり、現地に信用のおける商人が居て、その場で資金を用立ててくれるのだ、これを利用しない手はない。

国人同士の取引ともなれば莫大な金額が動くことになり、それに応じて久次郎が得られる手数料も莫大なものとなる。

更に静子の御用商人として名を売ることができ、近江から遠く離れた九州の地でも地盤を固めることができる。

後は九州の特産品を東国に流し、東国の各種物品を西国にと循環させれば、得られる利益はどれ程のものになるか判らない。

久次郎は今までの静子との付き合いから、現代式の企業運営を聞き出し、自分なりに解釈して実践していた。

それは株式を発行することにより資本関係で結びついたグループ企業の構築であった。

静子としてはそれぞれに特色を持たせた分社化を語ったのだが、基礎知識で劣る久次郎は所謂『暖簾《のれん》分け』の発展形だと理解した。

しかし、資本関係だけで繋がった冷徹な分社独立よりも、家族的な性格を引きずった久次郎の暖簾分け方式の方が時代にマッチしており、奇しくも彼の策は成功した。

お陰で久次郎の屋号である『田上屋』は異例の全国区で名の知られた大店となり、日ノ本で最も広い版図を持つ一大商業コングロマリットに成長していた。

この田上屋が作り上げたグループ企業網を利用すれば、尾張で現金を預けて九州で現金を引き出すことが可能となる。現代社会の銀行が担う送金機能を確立していた。

この功績を評価され、九州の国人にも広く静子の御用商人として周知された結果、商人でありながら芸事保護に関する現地総代理人の地位を得て、現地の国人たちと交渉を任されるまでになった。

「久次郎さんは、蛍丸《ほたるまる》の件で交渉中だっけ？」

現代に於いては太平洋戦争終結時の混乱期に所在不明となった、来国俊《らいくにとし》作の大太刀《おおたち》とされる蛍丸だが、戦国時代では阿蘇《あそ》氏が家宝として所持している。

史実では阿蘇氏が島津《しまづ》氏に下ったことを機会に戦国大名としての阿蘇氏は滅亡し、後に豊臣秀吉の九州制圧の際に阿蘇神社の大宮司として再興した。

その過酷な変遷の最中《さなか》にあっても蛍丸を片時も手放さず、阿蘇神社宮司家となった際にも宝刀として奉納し、以後秘蔵し続けたことから困難な交渉になると静子は考えていた。

そこで静子は己の持てるコネクションを総動員することにした。

即ち、義父である前久を通じて朝廷より蛍丸借用に関する勅書を賜り、一方では己の代理人である久次郎を送り込み、懐に飛び込む商人ならではの方法で心を摑んだ。

そしてそれらすべての背景に、天下人に最も近いとされる織田家の重鎮であるという武力の裏打ちがあった。

ここまでしても、相手が頷くまでには相応の時間を要するのが人間という生き物の難しい処だと言える。

「借用が叶ったら、まずは現物の写真を撮ってファイリングし、その後に写しを製造かな」

静子が所有する刀剣は三種類に分類されている。一つ目は本科と呼ばれる所謂本物。二つ目は本科が失われた写し、三つ目は本科が存在する写しとなる。

本科とは本歌とも書き、写しの元となる刀剣を指す。今回の阿蘇氏のように借用には応じても、譲渡は望めない場合等に本科を手本に写しを作ることになる。

製造過程が明らかになっていれば、それなりに精巧な写しが望めるが、多くの名刀は刀剣を打った本人にしても、二度と同じものが作れるか判らない。

それでも刀剣の研究をする上で、写しを製造することに意味があると静子は考え、精力的に刀鍛冶を支援し写しを作らせている。

今では静子の愛刀として知られる大包平《おおかねひら》も、静子が普段佩刀しているのは写しである。

本科はより精巧な写しを作るために刀箱に収められ厳重に管理されている。

本科の大包平を目にできるのは、静子もしくは静子に許された刀鍛冶のみであり、特別な行事以外では静子自身も身に着けることはない。

また付属の資料等が遺失しても本科と写しが混同されないよう、静子が作らせた写しには茎《なかご》（柄に収まる持ち手部分）に工夫がなされていた。

普段は柄に装飾され見えない部分だが、そこに製造年月日と『静写』の銘を切ることが義務付けられている。

因みに刀工たちが製造の為に本科に触れる際には、周辺を静子軍の正規兵が固め、更に間者までが動員される念の入れようとなる。

監視される側の刀工たちは、安全が確保される上に、衣食住から材料に至るまでが保障される為、刀鍛冶に専念できるとむしろ歓迎すらしていた。

「『にっかり青江《あおえ》』のように買い取れたら良いんだけど、あれは運が味方しただけだよねえ」

静子は呟きながら床に仰向けに寝転がった。

『にっかり青江』とは備中青江派作の大脇差《おおわきざし》であり、名前の由来は複数あるため定かではないが共通している部分は「にっこりと笑う女の幽霊を斬り、翌朝斬った場所を確認すると石燈籠《いしどうろう》が真っ二つになっていた」というものである。

この幽霊を斬ったとされる武士も三人の名が上がり、斬った場所の他にも女と子供の二人連れの幽霊だなどと細部の違いが確認できる。

また他にも似たような逸話を持つ刀剣があり、そちらは備前長船長光《おさふねながみつ》作であったため、にっかり長光と呼ばれている。

「柴田様は名より実を取っちゃったから、嬉しい反面寂しくもあったなあ」

にっかり青江の所有者は柴田勝家であり、静子としては交渉し易い反面、借用だけに留まるだろうと想像していた。

しかし、蓋を開けてみれば柴田は二つ返事で譲渡を約束し、代わりにと彼の領地経営を補佐することとなる。

勿論、織田家にとっても柴田が北陸の地を繁栄させ、しっかりと治めてくれることは望むところであり、信長の許可を得て協力する運びとなった。

静子は勝手に柴田を同じく刀剣を愛する同好の士と認定しており、買い取りが叶って嬉しい反面、裏切られたような複雑な心境となっている。

なお磨上《すりあげ》（日本刀を短く作り直すこと）が行われていない為、現代のそれとは異なりにっかり青江は大脇差ではなく、太刀として分類される。

「研究のために本科を使うのはリスクが伴うし、かと言って何でもかんでも写しを作るのは懐が痛むなあ」

刀剣が高値で取引されるという認識が広まれば、当然のように邪な輩が湧いて出てくる。仮に静子の借用している刀剣が盗難に遭えば、理由如何に拠らず彼女の信用は失墜する。

信用は失うに容易く、勝ち得るには長い時間を要するものである。一度でも盗難を許せば、以降の借用は難しくなる。

権力や武力を背景にごり押しすることはできるだろうが、無理に横車を押した代償は必ず付き纏い、いずれ自分を窮地に追い詰める可能性がある。

そうしたリスクを排除するためにも、借用した刀剣は写真を始めとした詳細な計測データを取った後、信用できる刀工に写しの制作を依頼する。

写しの制作中は勿論、本科については運送中も子飼いの部隊が警備を務め、借用期間に余裕があればその間保管するため、最も警備が厳重な静子邸にある蔵へと運び込まれる。

こうして制作された写しは、所定の処置を施した上で静子の許へと届けられる。

近頃は静子が所有したというだけで箔が付くのか、写しにも一定の価値が生じるようになり、写しの取扱いについても注意が必要になってしまった。

「さーて、休憩は終わり。仕事に取り掛かるか」

大の字で天井を仰いでいた姿勢から、勢いを付けて起き上がると、静子は文机に置かれた書類入れに手を付ける。

この頃、静子自らが手掛けなければいけない仕事と言えば事務処理になっていた。

自分でなければできない仕事を減らしていった結果ではあるが、それでも統括する立場でなけ

あちら

時間が削ら

未だに南国

当を死守してい

それが奪われるのを

「お陰でお貴族様みたい

たよ」

静子は己の指先を見てため息をついた。農作業と水仕事は切っても切れない関係があり、村長時代の静子の手はあかぎれやひび割れも出来ていた。縄を綯《な》ったり、鍬を握ったりして摩擦が絶えないため、指の付け根には常にタコが出来ていたものだ。

　中指の付け根にあるタコだけが過去の経歴を主張しているが、その内他の指同様に柔らかですべらかな手のひらとなるだろう。

「皆で磨き上げましたゆえ」

って応えた。主人である静子の立ち

や、装いがみすぼらしければ、それは静

いではなく彼女に仕える家臣にとっても恥と

る。

素材は良いのに己の美容にさほど関心を払わない静子を見かねて、彩達は静子を美しく見せる為に常に努力し続けた。

　その結果、静子の肌はきめ細かく整い、毎日高級な椿油を惜しげもなく使って丁寧に梳《す》かれる髪は溜め息が出る程の艶を保っている。

　貴婦人の間でも静子の髪は話題となり、その手入れ方法や道具については問い合わせが後を絶たない。

「人の上に立つには、見た目にも気を配らないといけないのが面倒だね」

「未だに静子様を侮る輩が居るのです。そう言った手合いには、財力や権力、技術力に美容といっ

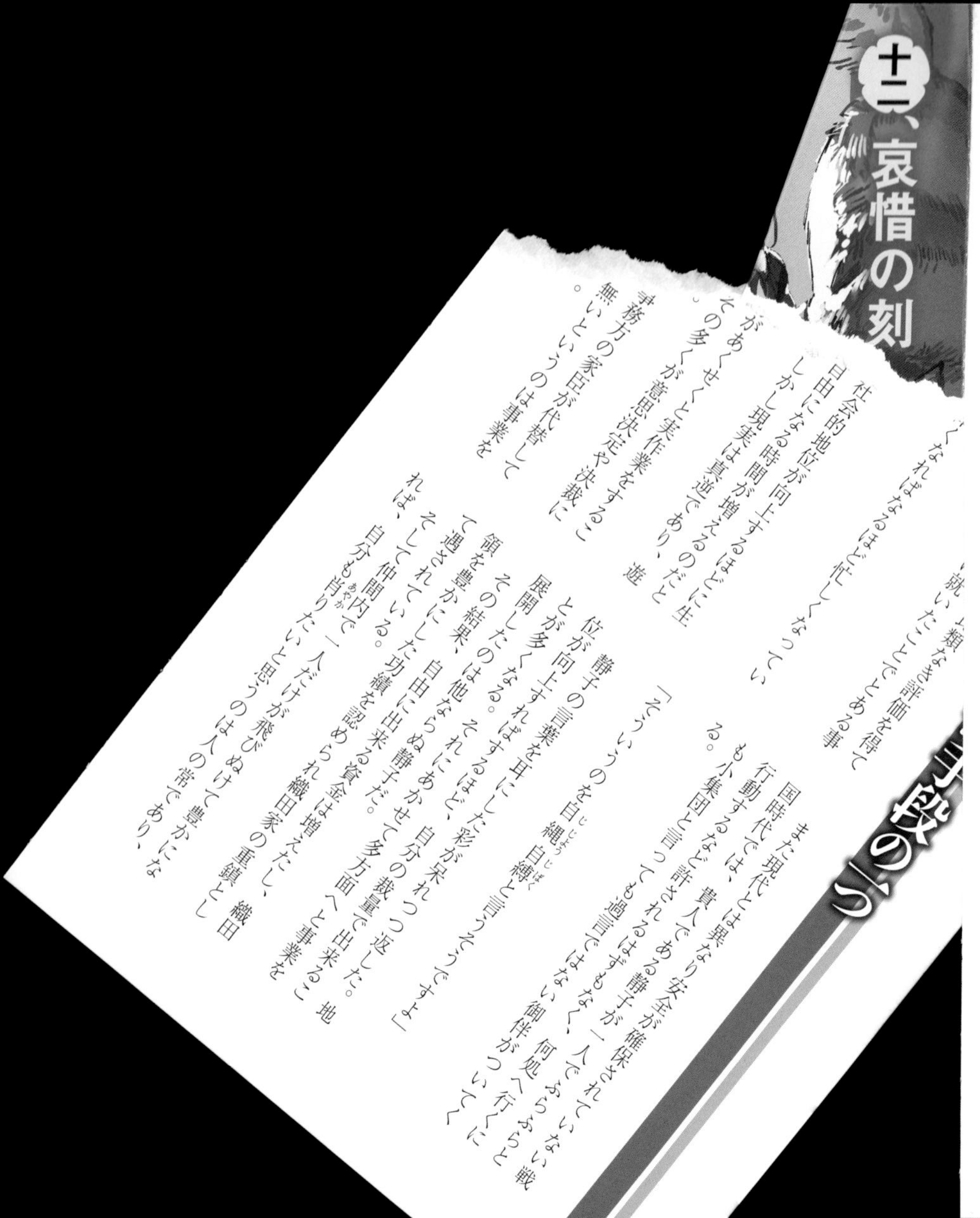

た判り易い力の差を見せてやらねばなりません」

「そうだねえ。侮られた結果、争いの火種が生まれるのは勘弁願いたいものね。でも私が表立って動こうとすると、『身の程を弁えろ』と手を回す人がいるから……」

「それも静子様のご人望ゆえです」

彩は涼しい顔で受け流すが、静子の脳裏には鬼の形相を浮かべた足満や、血気盛んな長可の姿、静かな怒りを湛《たた》える才蔵と慶次の様子が過《よぎ》った。

慶次ならば大事にせずに警告だけで済ませてくれる場合もあるが、他の三名に至ってはほぼ確実に精神的にも物理的にも甚大な被害が予想される。

普段は常に静子の許を離れない才蔵が出向く程の事態であれば、彼よりも沸点の低い足満や長可が動かないはずがなく、どう転んでも大事になるのは避けられない。

勿論、静子自身が命じれば彼らを引き留めることは出来る。しかし、静子は余程の事情がない限りは彼らの好きにさせていた。

自分を慮《おもんぱか》っての事だということもあるが、彼ら自身にも曲げてはならない筋がある。明らかな侮辱に対して我慢をさせると言う選択肢は存在しない。

何故ならば侮られれば骨までしゃぶり尽くされるのが力の原理で動く戦国の世だからだ。噛みついて良い相手と悪い相手を教えることが自分の身を護る事にもつながる。

「流石に家屋敷を更地にしてしまうのは勘弁して欲しいかな。後片付けが大変だから」

苦笑しながら静子が言うと、その光景を想像したのか彩も困ったような笑みを浮かべた。

れば判断できない決裁事務は残るものであり、忙殺される程ではないが楽はさせて貰えない。

静子自身が甲冑《かっちゅう》を身に纏い行軍するような事態は、東国征伐以来絶えて久しい。

仮に出陣することがあったとしても、静子の立場では後方に陣取って指示を出すのみである。

弓の扱いこそ秀でているものの、近接戦闘力は皆無に等しく、体力腕力で男性に勝るわけもない。

それでも静子配下の将兵たちが静子を侮るようなことは決してない。

それは彼女の類まれな采配能力や、広く大きくものを見る視点により軍の生命線である兵站《へいたん》を維持し続けている姿をその目で見ているからだ。

兵站の何たるかを知らないような外様の部隊ならば女人であるだけで静子を侮ることもあるが、静子軍に組み込まれ座学を始めとした軍事訓練を終えた精兵は腕力だけが力ではないことを知っている。

「ふーむ。これは可決、こっちは却下かな？　これだけの予算を必要とする根拠を添えて再提出っと」

書類を一枚ずつ確認し、問題なければ決裁の判を捺《お》して決裁済みの書類箱へと移し、却下するものには却下理由を書き加えて別の書類箱に分別する。

全ての書類について裁可が終われば、小姓がそれぞれの書類箱を事務方の詰める部屋へと運び、以降の処理が引き継がれることになる。

休憩によって一息いれた静子は、集中力を発揮して次々と決裁待ちの書類を片付けていった。

「かかさま、おしごとおわりました？」

最後の書類を決裁済みの書類箱へと移したところで、静子は室外から掛けられた声に気付いて振り返る。見ると器が襖を少し開けて、隙間から顔を覗かせていた。

「ええ、丁度今終わったところ。どうかした？」

そう問いつつも静子は自分の記憶を掘り返し、器と何か約束をしていたかを思い出そうとする。

こちらから話しかければ応えもするが、滅多に自分から話しかけない器がそれをしたということが静子には気掛かりだった。

「あのね、きょうはあやがほめてくれたの」

「おお！　それは凄いね！　あのツンデレの彩ちゃんがそれと判るように褒めてくれるなんて、よく頑張ったね！」

「つんでれ？」

「コホン、何でもありません。それよりもそんな処に居ないで、こちらにおいで？」

そう言うと静子は体ごと背後に振り返り、器に向かって手招きをする。少し迷った器だが、静子の浮かべる笑みにつられて室内に入ると、静子の差し出す両手の間に収まった。

静子は自分の膝の上に器を座らせて、まるで抱き合うかのようにお互いに向かい合って器の話に相槌を打っている。

戦国の常識からすれば眉を顰《ひそ》められる行動だが、器は静子の養女となるまでの虐待が元で感情が希薄な少女となっている。

それを癒してやれるのは、誰の目にも明らかな愛情と肌の触れ合いだと静子は信じてやまない。性別の差があるためか、四六は照れて抱かせてくれないのが目下の悩みだ。

幸いにして二人とも静子には心を開いてくれているし、四六には少々素行が悪いが慶次という同性で頼れる兄貴分が居る。

静子自身が異性との感情の機微については壊滅的であるため、慶次が兄貴分に収まってくれたのは嬉しい誤算であった。

「きょうはね、さんすうのしけんがあったの。むずかしかったけどがんばったら、あやがよくがんばりましたって」

「うん」

「それとごはんものこさずたべたの。おふろもひとりではいれたよ」

たどたどしく話す器の言葉によると、言われなくても自分のことを自分でする器を褒めたようだ。

「うん（茶々《ちゃちゃ》様や初《はつ》様と比べたら……いや、あの二人は規格外か）」

「いつもはこわいけど、ほめてくれるときはわらってくれるの」

「そうだね。彩ちゃんは普段無表情だけど、その分笑ってくれた時は可愛いよね。良いことをしたら褒めて、悪いことをしたら叱る。これは皆と一緒に暮らす上で、とても大事なことなんだよ」

「うん。ほんとはいつもほめられたいけど、やっぱりしかられることもあるから。すこしずつしかられないようになりたい」

「焦らなくても良いんだよ。それに叱られないようにするよりも、褒められることを増やす方が楽しいよ？　私も彩ちゃんも器が大好きだから、本当は毎日でも器を褒めたいんだ」

器の頭を胸に抱きこむようにして、静子は器の髪を優しくなでる。器は嫌がる素振りもなく、静子に身を任せると目を細めて心地よさそうにしていた。

ネグレクトの影響は未だ色濃く器に影を落としている。自分が何かをしたいではなく、叱られないようにしたいと言うのは子供の発想としてはやや不健全だ。

器には普通の子供よりもよりはっきりと言葉と態度で愛情を伝える必要がある。

実際に子を産んだことのない自分が母親の真似事をするのは少し気恥ずかしくもあるが、器の生育と天秤に掛けられるものではない。

「ほんとうはあにさまみたいにはなせるようになってからいうつもりだったんだけど、うれしくってきちゃった」

器は成長の過程で殆ど言葉を発さなかったため、恐らく脳の言語野の発達が遅れている。

兄と二人だけの生活から、他の子どももいる環境に身を置いたことで、器自身も自分が上手に会話できないことを気にしていると報告では聞いていた。

「上手に話せているよ。四六《あにさま》も最初はそうだったから、少しずつ毎日かかさまと話そう！」

「うん」

「失礼します、静子様。石切丸《いしきりまる》の写しが届きました――」

器ととりとめのない会話を続け、ふと会話が途切れたタイミングで彩が報告に現れる。

まるで見計らったかのようなタイミングの良さに、彼女の気遣いを感じて嬉しくなった静子は、器を抱きかかえたまま彩の方へ向き直った。

「つんでれ」

ありがとうと静子が声を掛けるよりも早く、器が彩を指さして言葉を発した。途端に彩の顔面から感情の色が抜け落ちて、能面のような無表情へと変じる。

「静子様、少しお話がございます。器様、夕餉の支度ができておりますので、皆と一緒に食事になさってください。私も追って参りますので」

「うん、わかった」

「ありがとうございます」

彩のことを指してツンデレと呼んだ器に、彩は上品な笑みを浮かべている。しかし、静子にはその綺麗な笑みの背後に怨嗟の表情を浮かべた般若の影を見た。

その後、閉め切られた室内での出来事について静子は決して語ろうとはしなかった。

足満は最近、技術街に足しげく通い木工職人や金物細工師、鋳物師などと綿密な打ち合わせを繰り返していた。

木材を加工するとどうしても端材《はざい》と呼ばれる半端な余り部分が出てしまう。

この他にも山の整備で出る間伐材や林地残材《りんちざんざい》など、商売や建築材料としては使えないが捨てるには惜しい木材が生じる。

通常は割り箸や、爪楊枝等の小物へと加工して再利用している。

現代でも割り箸が資源の無駄遣いの象徴のようにあげつらわれ、エコの大義名分の元に断罪されたが、本来は廃材を有効活用し森林資源を支える工夫の一つであった。

史実に於いて割り箸が初めて登場した時期は不明だが、一般的に流通していることが確認できるのは江戸後期、文政（１８１８～１８３１年）頃と言われている。

江戸時代後期の江戸、京、大阪の事物を紹介した百科事典のような書物、守貞謾稿《もりさだまんこう》に拠れば当時は割り箸という呼び名ではなく、『引き裂き箸』と呼ばれていたようだ。

歴史に先んじて技術街で生産される割り箸は、幸いにして「割る」という行為が「事をはじめる」と言う意味をもつため、神事や祝い事など衆目の前で使用され、庶民にも広まっていった。

木製だけでなく竹製の割り箸も生産され、飲食店でも割り箸を使える程度には安価で供給されるようになっていた。

そうした背景もあり、手頃な大きさの端材が手に入らない足満は、林地残材を人まで雇って回収した上で買い取り、木工職人達に声をかけて様々な形に加工するよう依頼していた。

色々な職人にバラバラに発注しているため、足満以外は全体像が判らないが、かなり精巧な機構を備えた何かを作ろうとしていることを職人たちは察しており、足満の要求に応えるべく奮闘していた。

足満は全ての部品が手許に届くと、接着剤やネジを用いて組み立てを開始し、現代人の男性であれば郷愁を掻き立てられるような形へと組み上げた。

「よし！　期待以上の精度だ。がたつきもなくしっかりと組み上がった」

原理的には割り箸で作る輪ゴム鉄砲を大きく、銃身やグリップにも気を遣った大人の玩具《おもちゃ》と言った仕上がりだ。

足満は鋳物のトリガーガードで守られた鍛鉄製のトリガーを引いて、固定具が正常に動作することを確認すると満足げに頷いた。

「理想を言うならニスを塗ったり、塗装をしたりしたいところだが……まずは形になっただけでも良しとしよう！」

足満が端材を用いて作ったのは、オートマチックハンドガン型のゴム銃だ。

工業化が進むにつれて硫酸や硝酸といった必須基材となる酸の需要が増え、副産物として樹脂やファクチスの余りを利用した輪ゴムが大量に普及していた。

勿論天然ゴム程の弾性は無いのだが、それ相応の太さのものを見繕えば十分にゴム銃に使えると閃いた途端、足満の中に住まう少年魂が叫び始めた。

足満の好みはオートマチックよりもリボルバータイプのハンドガンなのだが、回転式弾倉と輪ゴム銃は相性が悪いため断念していた。

「まずはゴム銃で連発式銃を見せれば、その有用性が示せよう。いずれはリボルバーを携帯したいものだ」

実際に実弾を射撃できる拳銃を作れれば良いが、ボルトアクションライフル止まりの現状、一足飛びの技術革新は望めない。

実弾と異なり、全く同じ個所に複数の弾体（この場合は輪ゴム）を装塡できるゴム銃は、連発式の仕組みを理解する教材として適していると言えた。

「撃鉄代わりの歯車に引っ掛ける形で、十二発まで輪ゴムを装塡できる。試しに五丁作ったから、みつおや五郎、四郎にも声をかけて試しに撃ち合ってみるか」

金属製のフレームを持つ実銃ならば難しい二丁拳銃も、機構部を除けば殆どが木製のゴム銃ならば余裕で扱うことが可能だ。

自分用に二丁確保して、腰の両側で帯に差し込んで吊るすと、残りの三丁と輪ゴムを風呂敷に包んでいそいそと出かけていった。

数日後、練兵場の片隅で良い歳をしたおっさん四人がそれは楽しそうに撃ち合いをする姿を多くの兵士が目撃することになる。

何故か皆も心惹かれるものがあったのか、密かなブームとなり、鉄砲鍛冶が図面を引いて工夫を凝らすなど、魔改造が始まった。

静子たちが慌ただしい日々を送る中、景勝《かげかつ》は静子邸にある図書館の主《ぬし》として認知されるようになっていた。

勿論、図書館通いとは別に日々の鍛錬を欠かさないよう徹底しているため、筋力が衰えて所謂《いわゆる》モヤシ状態になることはない。

むしろ図書館の蔵書から得た知識をもとに、効果的な鍛錬方法を心掛けるようになったためか、彼の肉体は引き絞られた鋼線を束ねたような高密度の筋肉を、栄養状態が改善されたことによる薄い脂肪層が覆うという理想的な仕上がりとなっている。

『男子、三日会わざれば刮目して見よ』という諺があるように、人質として越後を出立したころと比較すれば、本当に同一人物なのかと訝《いぶか》しむ程に様変わりしていた。

普段は蔵書の閲覧席に陣取って根を生やしている彼だが、今日は彼と同じく図書館の常連と化しつつある真田信之《さなだのぶゆき》を誘って街中の茶屋に来ている。

「……私だけがこの境遇を享受していて良いのだろうか？」

彼は秀麗な額に深く溝を刻みながら、悩みを連れの信之に打ち明けた。

尾張に着いて以来、誰もが自分を客人として扱うため忘れがちであるが、彼は上杉家から織田家へと差し出された人質なのだ。

とは言え戦国時代の人質は、特に理由が無ければ粗略に扱われることは無い。

三英傑に数えられる徳川家康とて、幼少期を今川家で人質として過ごしており、そこでの生活は実家である松平家のそれよりも豊かであったとされる程だ。

三河の宿無しと陰口を叩かれる程度のことはあったそうだが、誘拐事件の人質のように拘禁されたりすることは無い。

それというのもここで言う人質というのは、同盟等に於ける裏切りに対する担保としての人質であるためだ。

つまりは人質を差し出した側が裏切らない限りは待遇が保証され、裏切った場合はその命が潰えることとなる。

「尾張での暮らしは快適ですからね」

「そうなのだ！　その日の気分で食す物を選べる程に豊かであり、およそこの世の全ての知識が集約され、またそれが惜しげも無く公開されている。学究の徒にとっては理想郷とも言えるだろう」

「それほどまでにご実家との差がございますか？」

「生家である長尾家も、今の上杉家も当主筋であるため食うに事欠くようなことは無かったが、然《さ》りとて選り好みできるほどの豊かさ等ここに来るまで想像だにせなんだ」

「それは甲斐の国とて変わりませぬ。恐らくはここだけが別世界のように豊かなのでしょう。伝え聞く他の国の様子は、むしろ我らの知るそれに近いようです」

信之の率直な物言いに景勝は項垂《うなだ》れる。景勝と信之とでは歳が十ほども離れているが、景勝は信之の聡明さを気に入っていた。

信之の方も己を一人前の男として扱ってくれる景勝を慕い、図書館での先達として尊敬してもいた。

共に本好きという共通の趣味があることもあってか、今では軽口を叩き合える程には仲良くなっている。

「急にそんなことを仰るとは、何かあったのですか？」

「うむ。図書館で日々学んで知恵を付けるにつれ、ここで得られた知識を越後に持ち帰れば、飢えや寒さで命を落とす民草を減らせるのではないかと思うのだ」

「見聞が広がったが故の悩みですね」

「そうだ。私がこれほどに思い悩んでいるというのに与六《よろく》の奴めは、すっかりここでの生活に馴染みおった」

「ああ樋口《ひぐち》様は、確か今日も前田様とお出かけになったそうですね」

「あ奴は己が人質であるという事実を忘れておるのではないか？」

景勝の危惧は強《あなが》ち的外れとも言えない。当初は緊張感を持っていた越後からの供達も、今ではすっかり尾張の生活に浸りきってしまっていた。

中には頑なに故郷へ帰ることを望むものもいるが、多くは許されるならば尾張に定住したいとさえ思う程に骨抜きとなっている。

一日三度の飯が腹いっぱい食べられる上に、新鮮な魚介類や獣肉すらも供される。干されていないみずみずしい野菜に、季節折々の果物までもが口に入るのだ。

因みに兼続（与六）を批判している景勝だが、彼も静子からお裾分けとして届けられた南国果実であるマンゴスチンを口にして以来、その味に魅了されてしまい忘れられずにいる。

「そして、人質の奔放な暮らしぶりを容認する静子殿はその……何というか変わられておる」

「それは否定できませんね。私のような凡俗な人間とは器が違うからなのでしょうが、皆も変わり者だと口を揃えておりますゆえ」

「いや、決してそれが悪いとは言わぬ。ただ、掴み切れぬお人だと思うのだ」

「そうですね。穏やかで優し気な風貌の御仁ですが、時折千里眼も斯《か》くやという見識をお見せになる。そして、それが悉《ことごと》く的を射ております」

「まさに神算鬼謀よ。しかし、いくさ場に立たれることも少なくなったと聞いておる」

「静子様の御身に危険が迫ることを周囲が許さぬのでしょう。静子様に万が一のことがあれば、尾張はこれ程の平穏を享受できなくなるでしょう」

「確かに稀有《けう》な人物だが、それほどだろうか？」

「伝え聞く話ゆえ、話半分と思って頂きたいのですが、静子様は上様が美濃におわす頃より、実質的な尾張の国人と言える存在だったそうです。菅九郎様（信忠のこと）も赴任当初は尾張の差配を静子様に任せていたほどだとか」

信之の言うように、信忠は尾張・美濃の守護を信長から任された際に、補佐としてつけられた静子から差配の仕方を実地で学んでいた。

徐々に自分でできることを増やして引継ぎをしているが、それでも尾張での影響力に限っては信忠よりも静子の方が大きい。

ただ静子の影響力は統治者としてのそれだけに限らない。

彼女自身が多様な事業を営む他、職人を育てたり、様々な基礎研究に資金を提供したりする実業家としての顔も持っている。

それらで育まれたコネクションは武力とは別の影響力として機能している。

また静子は織田家と同盟関係にある国への技術支援や人材派遣なども手掛けており、その影響力は尾張一国に留まらないのだ。

「ここの民を見ればそれは良く判る。一般に支配者とは民に嫌われるものだが、静子殿は広く慕われておられる」

民たちの生活を保障すると言う建前で年貢を受け取る支配者は、どう言い繕《つくろ》ったところで搾取する側であり、される側の民たちからすれば歓迎する理由がない。

それにもかかわらず静子が民たちに慕われている理由はと思考を巡らせれば、恐ろしい事実が見えてくる。

つまり静子は奪うよりも多くのものを民に与えているからこそ、搾取者でなく共に生きる仲間であり、何かあった際に守ってくれる親分でもあるのだ。

「む、そろそろ昼餉の時間だな。それでは戻るとしようか」

「そうですね。私もお供いたします」

これ以上思索を深めると恐ろしい考えに至りそうであったため、景勝は時間を理由に話を切り上げた。

信之自身も茶屋で茶菓子を口にしたことで、余計に空腹を意識したのか、景勝と共に静子邸へと足を向ける。

「最初は書で覚えた魚の捌き方を実践しようと思ったのだが、始めてみると料理というものは実に面白い」

道すがら景勝は信之に話しかける。立場的にも景勝が厨房に立ち入ることは稀だが、他の者たちはそれなりの頻度で料理をしている。

発端は供の一人が仲良くなった漁師から一尋《ひろ》（大人が両手を広げた長さ）程もある魚を貰ったことだった。

越後でも口にしていた川魚とは異なり、誰も見たことがない大きな魚を処理できるものはおらず、難儀しているところへ景勝が通りかかった。

景勝は彼が口にしたように、書籍から魚の捌き方を学んでおり、実際に試してみたいと思っていたため渡りに船でもあった。

本で学んだだけで魚が捌けるようであれば料理人は皆お役御免になってしまうため、ご多分に漏れず景勝の三枚下ろしもそれはそれは酷いものだった。

初めて手にする出刃包丁で叩き切るようにして頭を落とし、深さを考えずに腹を裂いたため苦《にが》玉《だま》（魚の胆嚢）を傷つけてしまい、酷く苦い汁が身に沁みついて色々と台無しになった。

それでも景勝にとっては学んだ知識を活かして巨大な魚を三枚（かなり骨に身が残っていたが）に下ろしきれたことは快挙となった。

誰もが景勝の腕前を褒めそやし、多少の失敗はあれど自分達が苦労して捌き、焼き上げた魚の塩焼きは非常に美味であった。

「おや、殿では御座らぬか？　今日は良い魚を貰いましたぞ」

静子邸へと戻ると、軒先で七輪を出して魚を焼いている兼続の姿があった。自分で火起こしをしたのか、彼の手は炭の汚れが見て取れる。

黒く染まった手をぶんぶんと振りながら兼続は笑顔で景勝に声を掛けた。越後ならば眉を顰《ひそ》められる行為だが、ここ尾張ではそれを咎める人間はいない。

「む、鮎か。鮎は久しく食べておらぬな」

「殿は鮎の塩焼きがお好きでしたな」

「うむ。越後でも夏になれば皆が口にしていたものだ。しかし、尾張では鮎すらもこんなに肥えておるのか……恐ろしいな」

「同じ鮎とは思えませぬな。しかも食っている物が違うからか、こいつは得も言われぬ良い香りがするのです」

兼続の言葉に景勝は思わず唾を飲み込んだ。鮎は別名香魚とも呼ばれ、なんとも言えない爽やかな香りを持っている。

ただ塩を振って焼いただけでもうまい魚だが、滅多に見ない程大きい上に背も盛り上がっていて見事に肥えていた。

鮎はキュウリウオ目キュウリウオ科アユ亜科に属する魚であり、キュウリウオ科の魚の特徴としてその身にキュウリのようなやや青臭い香りを持っているのに対し、鮎は同系統ではあるが一段と良い香りを身に宿している。

たっぷりと脂の乗った鮎が焼ける様は実にうまそうであり、漂ってくる香りが暴力的に食欲を搔き立てた。

焼き上がった鮎の塩焼きを大皿に並べ、三人はそれぞれにご飯と味噌汁に香の物を用意して手を合わせた。

天気が良いので縁側に腰かけ、大皿の鮎をそれぞれに突きながらの昼餉となった。行儀が悪いと言われそうなものだが、それを口にする者はこの場にいない。

「うまい」

景勝は飾り塩が振られた背びれを手にし、豪快に背中の身を齧《かじ》り取る。焼きたての鮎は香ばしくもみずみずしく、ふっくらとした身の旨みと鼻を抜ける香りで飯が進む。

景勝は今まで毒見の済んだ冷めた食事を口にしていた。しかし、ここ尾張では自分で料理して熱いままの魚を思うさまに頬張ることができる。

同じ釜の飯を食うという言葉があるように、彼は家臣と一緒に食事を取ることで彼らとの絆を育めていると実感していた。

同じ釜どころか同じ場で飯を食うことすらなかった越後では、考えられなかったことである。

「懐かしい鮎を食ったせいか、妙に越後が思い起こされる」

「越後の飯はここ程うまくはござらぬが、殿の仰るように懐かしいですな」

「ならば越後の飯もうまくすれば良いのだ！　そのための知識を静子殿は開示されておられる」

越後の民が尾張のように豊かに暮らす未来を夢見て、景勝は飯を掻き込んだ。

意気込む景勝は知らないが、静子の政策を真似て国を豊かにしようと画策した者は多いが、それを成し遂げた者は一人としていない。

静子の政策は農業を根幹にしているが、実に多方面に同時進行で手を伸ばす必要があるからだ。食料供給量が増えるだけでは国は豊かになれない。

生活を便利にするインフラを整えられる技術者が育ち、彼らが農業から手を放して本業に専念できる体制を整え、余所《よそ》からやってくる商人たちに豊富な商品を提供できるようにならねばならない。

これは需要と供給のバランスが関係しており、単純に食料を過剰供給すれば市場に商品が飽和して価格が下落してしまう。

外部から商人を呼び込もうにも街道が整備されていなければ、その足取りは重い上に、運搬に日数が掛かればそれだけ商品の鮮度は落ちていく。

つまり現代人の視点で完成形を思い描けたからこそ、尾張の成功があると言えるのだ。

この時代の人間では新しい試みをやるので手一杯になってしまい、それをやった影響が何処に及ぶのかまで把握することはできない。

しかし、景勝は一端とは言え静子の知識に触れており、実際に繁栄している尾張で生活するという貴重な経験を積むことにより、他の誰よりも成功する可能性を秘めていた。

「若様ー！　清酒を頂いたので一杯やりませぬか？」

鮎の塩焼きを挟んで三人が飯を食っていると、別の家臣が清酒の入った徳利を片手に酒の席へと誘ってきた。

清酒と聞いて景勝の表情が緩む。先ほどまで眉間に存在していた皺《しわ》が取れ、思わず相好を崩してしまった。

「まだまだ鮎はありますゆえ、こいつを肴に一杯やりますか？」

子どものように喜ぶ景勝を見て、兼続は口元に笑みを浮かべながら呟いた。


樋口与六《ひぐちよろく》（後の直江兼続《なおえかねつぐ》）の一日は腹の虫と共に始まる。

既に太陽は天頂近くまで昇っており、昼餉《ひるげ》まであと半刻《はんこく》（約一時間）ほどという頃合いに起床する。

昨晩は慶次と連れ立って痛飲したというのに、若さゆえか腹の虫が何か食わせろとグウグウ騒ぎ立てた。

静子邸の家人たちは疾《と》うの昔に働き始めているため、己に宛がわれた布団を畳んで押し入れにしまい、次いで洗面所へと足を向ける。

与六は洗面所に来るたびに尾張の技術力を思い知る。鏡の向こうにもう一つの世界があるのではと錯覚するほど細部までが映り込む大型の板鏡が設置され、神社の手水鉢《ちょうずばち》に似た洗面台で顔を洗う。

驚くべきことに静子邸の洗面所には汲《く》み置きの水瓶が無く、洗面台の蛇口という物を捻ると水が勢いよく流れ出るのだ。

これは上水道という試験的に導入された設備であるため、信長の屋敷にすらない最新のものだそうだ。水汲みが一切不要になるなど、目の当たりにしてすら信じられない。

手早く洗面を済ませ、水に濡れた顔を掛けられたタオルで拭《ぬぐ》った。このタオルという織物も驚異的だ。手拭いとは異なり厚手で柔らかく恐ろしく水を吸う。

与六は洗面台の隣に据え付けられている棚から、己の名前が刻まれた引き出しの取っ手を引いて中から自分の安全剃刀《かみそり》を取り出した。

洗面台に置かれている石鹸《せっけん》を泡立てて青髭《ひげ》状態になっている部分に塗り付け、『丁《てい》』の字形になっている剃刀で生え始めた髭を丁寧に剃っていく。

素晴らしい切れ味を誇る剃刀が石鹸で肌を滑りながら余分な髭を剃り落とす。顎《あご》の先端部分や口髭は残し、他を綺麗に整えると鏡に映り込んだ己の姿を確認した。

毛抜きで引き抜いていた頃と比べれば、飛躍的に手入れがし易く、常に美しい状態を保てている。

「上水道や鏡は無理として、この石鹸と剃刀だけでも越後に持ち帰れぬものだろうか……」

この時代に於ける成人男性の髪形は月代《さかやき》と呼ばれ、前頭部から頭頂部に掛けての髪を剃り上げる。この際に用いられるのは剃刀ではなく、『けっしき』と呼ばれる木製の毛抜きであった。髪を大量に引き抜くために大型に作られ、まとめて髪を摑むと一気に引き抜くことから大変な苦痛を伴い、流血することが当たり前という凄惨なものとなる。

僧侶が剃髪《ていはつ》するための剃刀は当時から存在していたが、これは仏具とみなされており一般人が手にすることは殆どなく、史実では信長が最初に剃刀を用いて髪を剃ったと言われている。

また日常的に髭を手入れするのにもこの毛抜きが用いられたため、髭を整えるということは必要不可欠でありながら苦痛が伴うものだった。

綺麗に髭を剃った肌を手で撫でて確認しながら、己の姿を姿見に映す。我ながらなかなかの男前だと悦に入りながら踵《きびす》を返した。

身だしなみを整えた与六は、自己主張の激しい腹の虫を水を飲むことで黙らせ、昨晩酔い潰したため未だ起きてこない主君を起こしに行くことにした。

案の定、主君の景勝は与えられた部屋で布団にくるまりいびきをかいていた。この上質な布団というものも越後には存在しない。

寒さの厳しい越後にこそ普及して欲しいものだが、綿を優先的に衣類製造へと回しているため尾張ですら布団は貴重品であり、そう易々と手に入るものではない。

静子の好意によって人質の身でありながら景勝には上等の布団が供されており、彼は快適な睡眠を満喫していた。

「殿、起きてくだされ。もう昼餉の時間ですぞ」

与六が小声で話しかけても一向に起きる様子のない主君に業を煮やし、彼は景勝の体を覆う掛布団に手をかけると勢い良く引き剝がした。

布団に挟まれることで暖かい空気に包まれていた景勝は、急に外気に触れたことで温度差から目を覚ます。

しかし、景勝の目覚めは与六のように爽やかとはいかなかった。急に起き上がった景勝は、襲ってきた頭痛に顔をしかめて再び倒れ伏した。

典型的な二日酔いの症状であり、よく見れば顔全体も浮腫《むく》んでいる。与六は苦しむ主人を見て水差しから茶碗に水を注ぎ、景勝へ差し出しながら声を掛けた。

「殿、先ほども言いましたがそろそろ昼餉の時間となります。如何なさいますか？」

「……むう、済まぬが断ってくれ。胸がむかむかしてとても喉を通りそうにない」

「承知しました。そのように伝えてまいります。殿は水を飲んだのち、もうしばらくお休みくだされ。某《それがし》は所用で出かけて参ります」

「与六！　其の方またっ……っつう……」

「二日酔いに無理は禁物ですぞ、殿。しばしご自愛くだされ」

急に大声を出そうとしたため襲ってきた頭痛で悶絶する景勝を後ろに、与六は部屋を後にする。

食堂で昼餉を取った与六は、厨房の料理人に何事か頼みごとをしたのち、慶次と連れ立って出かけていった。

「ほう、それで上杉殿は伏せっておいでという訳か」

「うむ。それで臣《しん》としては殿の快癒を後押しせんが為、少し寄りたい処があるのだが……」

「構わんよ。急ぐ理由がある訳でもなし、その用事とやら済ませに参ろう」

二人は港町にある魚市場へと足を運んだ。漁業組合に加入していない与六達では入札することができないが、仲買人を通せば新鮮な魚介類を安く手に入れることができる。

与六が馴染みの仲買人に声を掛けると、良く日に焼けた浅黒い肌の仲買人が揉み手をしながら駆け寄ってきた。

「これはこれは樋口様。またいつもの奴ですか？　今日は木曽川で上がったばかりの上物が入ってますよ、如何です？」

「うむ。今日は我が殿にも召し上がっていただこうと思うてな、いつもの倍貫えるか？」

「へい！　ありがとうございます。生かしたまま運びますんで、のちほど御屋敷までお届けいたします」

「ありがたい。厨房の料理人には話を通してあるゆえ、勝手口で声をかけてやってくれるか」

与六はそう言うと財布を開いて、仲買人に少し多めの代金を渡す。仲買人はそれを受け取ると、またいつでもお声かけ下さいと言いおいて去っていった。

その様子を後ろでみていた慶次が与六に問いかける。

「あれは、ここで買い付けしていたのか。静っちが二日酔いに良く効くって言っていたが、どうやら本当らしいな」

「あれの味噌汁を起き抜けに一杯やるのが堪らぬのよ。それにあ奴は納める前にしっかり『砂抜き』をしてくれるので重宝する」

「お主は上得意という訳だな、朝が命の仲買人が昼過ぎまで品を取り置いてくれるとは。さて、後顧の憂いもなくなったことだし、そろそろ一杯やりに行くとするかい？」

「人聞きの悪いことを申される。我が殿が堅物ゆえ、某《それがし》が代わりに耳目《じもく》となって酒場で噂話や世の動向を仕入れておるのだ。まあ、酒場で酒を呑まぬわけにもゆかぬゆえ、仕方なくつき合っているまでよ」

「くくっ！　それで徳利《とっくり》五本は呑みすぎというものだろう？　何なら俺が代わりに呑んでやろうか？」

「あいや、それには及びませぬ。酔客は相手が酔っておらねば口が軽くならぬもの。酔うのも仕事ゆえ、酒に強いというのも考えものよ」

「ぬかしおる！　まあ良い、それではいつもの店へ行くとするか」

与六と慶次は互いに軽口を叩き合いながら、港町を離れて繁華街へと向かっていった。その姿は実に堂々としており、とても人質とその監視役とは思えず、竹馬の友とでも言うほうがしっくりくる。

そうして二人は道すがら、あちこちの店を冷かして時間を潰し、夕暮れの町へと消えていった。

一方静子邸では、なんとか体調が回復してきた景勝が、倦怠感の残る体をおして夕餉を取っていた。

皆と異なり、景勝だけに特別な献立が用意されているのが判る。景勝の前には鶏粥が置かれ、脇にはオクラと納豆の和え物、大振りな梅干しが一つと、しじみの味噌汁が並んでいる。

これは与六が料理人に頼んで用意してもらったものであり、彼が仕入れたしじみが早速ふんだんに使われている。

景勝は二日酔いに苦しむ自分の為に、静子が特別な食事を用意してくれたのだと感激していた。

しっかりと手を合わせ、食前の感謝を捧げて食事に取り掛かる。

まずは湯気を立ち上らせる汁椀を手に取り、その香りを吸い込む。越後でも口にしていたしじみ汁とは一線を画す芳醇《ほうじゅん》な香りが鼻をくすぐった。

一口啜《すす》ると濃厚なしじみの出汁が口いっぱいに広がり、一緒に入れられたネギの爽やかな辛みが後味をさっぱりさせてくれる。

「うまい」

温かい味噌汁が荒れた喉を通って胃の腑へ落ちると、自分が空腹であったことを意識する。

次に土鍋に入れられた鶏そぼろ粥へと木製の匙《さじ》を差し入れ、艶やかに光る粥を掬い上げて口に運んだ。優しい鶏だしの利いた粥が喉を滑り落ちていく。

軟らかくなるまで煮てとろみを帯びた米の甘さと、具材として入れられたしめじが歯ごたえを演出し、鶏ひき肉の塩気と旨みだけを残し、薬味のネギが爽やかな香気を残す。

時折オクラと納豆の和え物が入った小鉢に手を伸ばし、粥と味噌汁、和え物を順繰りに食べ進めた。

塩気に舌が慣れたころに、種を取って実をほぐした梅干しを箸でつまんで粥に入れ、梅肉と粥を混ぜ合わせて口へ運ぶ。酸味が加わったことで、より食べやすくなった粥は瞬く間に空になった。

　体が芯から温まり一息ついたところへ、静子が手ずからお茶を淹れてもってきてくれる。

「これは静子様、お手を煩わせてしまい恐れ入ります」

「いえいえ、それよりもお加減はいかがですか？」

「おかげ様ですっかりと良くなり申した。夕餉の献立まで特別にご配慮いただいたようで、重ねて御礼申し上げまする」

「ふふふ。お礼は樋口殿に言ってあげてください。このしじみを買ってこられたのも、特別な料理を指示したのも樋口殿なんですよ？」

「なんと……主人を放って放蕩《ほうとう》する薄情者かと思っておりましたが、我が眼《まなこ》が曇っていたようです」

「……まあ、慶次さんと呑みに出かけているのも本当なんですけどね」

「あ奴め！　連日呑み歩くとは……自分が人質であるという自覚が無いのか!?」

「そんなに畏《かしこ》まっていただかなくても結構ですよ。上様との同盟が維持される限り、お二人はお客人だと思っておりますので」

「恐れ入ります。与六めにはきつく言い聞かせますゆえ、どうかご容赦ください」

「樋口殿は遊び歩いているように見えますが、その実様々《じつ》な見分を広めておられますよ？」

「某にはどうにも信じられませぬが、静子様が仰るならばそうなのでしょう」

眉間に皺を刻んだまま茶を啜る景勝を見て、静子は思わず苦笑してしまった。

生真面目な主人と対照的に奔放に振る舞う臣下を見て、静子は自分の馬廻衆の面々を思い出していた。

「へっくし！」

「おいおい、デカイくしゃみだな。風邪でも引いたか？」

「うーむ。誰かが某の噂でもしておるのだろうよ」

そう言いながら与六は手拭いで口元を拭う。その動作に紛れさせて、こっそり書き付けていた走り書きを懐へと落とし込んだ。

（殿！ ついに掴みましたぞ！ 尾張がこれほどに繁栄できた根幹と、技術立国という思想を）

与六は慶次と呑み歩きながら、技術街の職人などとも意気投合し、連日呑み明かしながら尾張繁栄の秘密を探っていたのだ。

それは職人たちすべてに共通する物差しを与える『度量衡《どりょうこう》の統一』と、図面の書き方に一定の規則を設けたことであった。

更には現在で言うところの特許の考えを取り入れ、新規的な発明をした者の権利を為政者が主体となって保障した。

こうすることで技術を独り占めして秘密にするより、公にした方が実入りが良くなり名声も高まるという仕組みを作り上げている。

(越後に持ち帰るにはまだしばらく調べが必要でしょうが、この与六が必ずや殿の野望を実現して見せますぞ!)

酒場で酔漢たちとバカ騒ぎに興じつつも、常に主人の野望を補佐することを目指す与六の姿があった。


時は巡り、二月半ば。仁王立ちする彩と、その前で悄然と座る静子といういつもの構図があった。

「静子様、いつになったらあの面妖な呼称から解放して頂けるのですか?」

彩の静かな怒りを前に、静子は己の力不足を嘆いていた。即ち、器が彩のことを『ツンデレ』と呼ぶ癖がついてしまったのだ。

「貴女は自分の娘に何を教えているのですか?」

「ごめんね。決して悪い意味じゃないんだよ? 一見とっつきにくいけど、内心は優しい女性を指す言葉だからね？」

彩の目を見つめることができず、静子は俯いたままで辛うじて嘘ではない言い訳を口にする。

「つまり？」

「悪口じゃなくて誉め言葉だって器にも説明したら、音の響きが気に入ったみたいで……」

静子は器に対して、誉め言葉だけど余り上品な言葉じゃないから言わないように説得を試みたが、短いセンテンスで的確に彩を表現する語彙《ごい》を気に入ってしまい、多用するようになってしまった。

静子の態度を見るに、それだけの意味とは思えないが、少なくとも悪意があるわけではないと理解し、不本意だが彩は自分が我慢をすることを選択した。

「自分を指さして、何だか判らない言葉を掛けられるというのは意外に気になるものです」

「ごめんね」

「もう構いません。気にしないと言えば嘘になりますが、慣れるよう努力します」

彩からすれば聞き慣れない呼び名だが、過剰に反応するから器も気に入っている節があるため、器が早く飽きてくれることを願うことにした。

「この話はもう良いでしょう。しかし、今はこの問題にどう対応するかを決めなければなりません」

そう言いつつも、彩は自分が静子に酷なことを強いているという自覚があった。

静子が意図的にその話題を避けているのは明白であり、しかし時間的制限のため先延ばしもできない案件であった。

非情だと誹《そし》られようとも静子には問題に向き合って貰わなければならない。

この問題から逃げたところで、一番後悔するのは静子自身となる、彩は心を鬼にする覚悟でいた。

「彩ちゃんが言わんとしていることは理解してる。頭では理解してるし、何年も前から覚悟はしていた……いや、していたつもりだったんだ。でも、いざ目の前に突き付けられると駄目だな……」

いつもの静子とは異なり、疲れ果てた老人のような力ない呟きだった。思わず流れそうになる何かに耐えるため、静子は天井を見上げて小さく息を吐いた。

余りの痛々しさに彩は一瞬目を逸らしそうになったが、強く意識を引き締めることで踏みとどまった。

彩の前に居るのは、どんな苦境でも何処か暢気《のんき》で朗らかな静子の姿ではなく、己の家族を失うことを受け入れられずにいる唯の女の姿であった。

「頭では解ってるんだ、長生きした方だって。薬も専門の医者も居ないなか、ここまで生き永らえたことがさ。知ってる？　野生の寿命なら今の半分もないんだよ」

「……心中お察しいたします。しかし、先延ばしするにも限界が――」

「判ってる！」

力任せに拳を机に打ち付けて静子が叫ぶ。

大きな物音がしたが、彩はポーカーフェイスを崩さず、誰も駆けつけてくる様子もない。

ただ、彩は静子から見えない位置で爪が手に食い込むほどに拳を握りしめていた。

「ごめんね。判ってはいるんだ。私がこの体たらくなため仕事に支障を来たしているのも、彩ちゃんが本当に私を思いやってくれているのも判ってはいるんだ……」

「支障など――」

「それでも、今回ばかりは心がついてこないの。ごめんね、自分でもこのままじゃダメだって判ってる。時間が無いのも判ってるけど、もう少し時間を頂戴……」

幾つもの言葉が脳裏を過《よぎ》るが、そのどれもが彩の口から放たれることは無かった。

呆れるほどお人よしだけれど、必要とあらば冷酷にもなれる静子が感情を制御できずに振り回される姿を前に、彩は言葉を失ってしまった。

そして辛い時にいつも寄り添ってくれた静子に対して、力になれない己が歯がゆかった。

「ごめん。暫《しばら》く一人にしてくれるかな？　仕事は何とか片付けるから」

「分かりました」

彩は己の無力さを噛みしめながら、静子の部屋を後にした。

静子は己の感情に身を任せるには偉くなり過ぎた。彼女が発する一言は、時として人の生死をも左右する一言となる。

もし仮に静子が苛立ちのまま、誰かを感情的に強く叱責したとする。この時代のそれはされた方にとって死刑宣告にも等しい。

主人の勘気を被った家人の立ち位置など、腫物もかくやといったものになる。最悪の場合、家族もろとも領外へと放逐されることすら珍しいことではない。

「(貴女は今まで己を殺し、世の為人の為に尽くしてきた。別離《わかれ》の刻《とき》ぐらい自儘に振る舞える自由があっても良いだろうに……)失礼します」

彩は深く頭を下げて、室内と外を隔てる襖を閉めた。しかし、室内から応《いら》えが返ってくることは無かった。


「……静子の様子はどうじゃ?」

廊下の角を曲がったところで、彩は横合いから声を掛けられた。声の主を探せば、そこに居たのは市であった。

憂えた面持ちで彩を見つめる彼女からは、我が物顔で静子邸を闊歩する女性の姿は無かった。

市の問いかけに彩は無言で首を横に振った。市もその答えを予測していたかのように、切なげなため息が漏れる。

「お主でも無理か」

「仕方ありません。相手が相手……ですし」

そう口にしながら彩は数日前を思い返していた。静子が塞ぎ込むようになった発端は、二月初旬の冷たい霙《みぞれ》が降った日だった。

前日の暖かさが嘘のように鳴りを潜め、急激な冷え込みと共に陰陰滅滅とした湿気が入り込んでくる。こう悪天候だと他にすることもなく、静子の仕事も順調に片付いてしまい、昼餉を終える頃には手隙となっていた。

常ならば前倒しで進めるべく新たな仕事に取り掛かるのだが、何故かそんな気分になれず傍《かたわ》らに寝そべって控えていたヴィットマンファミリーの輪に加わった。

いつもなら静子が眠りに就くまで、狼たちが見守るのだが、その日はそうならなかった。

静子がカイザーにもたれ掛かり、目を閉じてから一刻ほど経った頃。ヴィットマンが突然咳込み、ぜいぜいと荒い息を吐き始めた。

濁った喘鳴《ぜいめい》と水音の混じる咳と共に、血の混じった吐瀉物《としゃぶつ》を吐き出した。

老化の兆候として以前よりも睡眠時間が長くなり、呼びかけに反応しないことが増えていたこともあり、ある程度は予測していたのだが、ここまで急激な症状は予期していなかった。

焦った静子はとにかく医者を呼ぶように命じ、その間ヴィットマンに寄り添って看病を続けた。

バルティやカイザー達も荒い呼吸を繰り返すヴィットマンを心配するのか、遠巻きに見守っている。やがて他の犬科の健康状況を診ている医師が到着し、ヴィットマンは担架に乗せられて運ばれていった。

ヴィットマンが吐き出した吐瀉物も回収され、周囲はヴィットマンが居ないこと以外は以前と同じ状態を取り戻した。

肉親にも等しい相棒の容態を突き付けられ、静子の顔色はわら半紙のようになっていた。

彩としては慰めたいところだが、素人が気休めを口にすることも憚られ、静子に寄り添って背中をさするにとどめている。

そうした彩の献身もあって、ようやく少し落ち着いた静子は、呆然自失のままぽつりと言葉を漏らした。

「もう長くないかもしれない」

千五百七十六年 三月下旬

ヴィットマンの容体は、異常の早期発見とその対処が早かったこともあり、小康状態を取り戻した。

静子はその間ずっと付き添い、献身的に看護を手伝っていた。

医師及び家畜の専門家たるみつおの見立てによれば、ヴィットマンの嘔吐及び吐血は恐らく肺炎であろうということ、対処としては水分と栄養を取らせ安静にさせるほかないということだった。

静子の懸命な看護の甲斐もあってか、ほどなくヴィットマンは意識を取り戻したが、用意された餌や水に殆ど口をつけることなく、明《あか》り採《と》りの格子から見える山の遠景を眺めているようだった。

ヴィットマンの行動が意味するところを教えてくれたのは、みつおであった。

現代に於いて畜産業に携わる者として、家畜やペットの生き死にの現場にはこの場に居る誰よりも多く立ち会ってきただけに、死期を悟った飼い犬の行動を知悉《ちしつ》していた。

恐らくヴィットマンは己の命が潰《つい》えようとしていることを悟り、死出の準備を始めたのだろうということだった。

今のヴィットマンの体力では、既に食物を消化することも、水を摂取することも難しい。

厳しい野生環境を生き抜くオオカミの習性として、群れの一員としての役割を果たすことができない程に衰えた個体は、自ら群れを去って姿を消すことを選ぶ。

飼い主として、いや家族としてその最期までを看取りたいと望む気持ちは理解できるが、それは人間のエゴであり、徒《いたずら》に彼らを苦しめることになると淡々と静子に言って聞かせた。

咄嗟に感情が爆発し、反射的に口を開こうとした静子だが、その口から声が発されることは無かった。

静子にヴィットマンの行く末を語って聞かせるみつおの表情は、いつもの朗らかな笑みとはかけ離れた泣き笑いのような慙愧《ざんき》を噛みしめるものだったからだ。

静子はみつおも無念でならないのだと悟り、言葉を呑み込んだ。

その姿を見たみつおは、自分の子供にも等しい年頃の女性が、過酷な環境に懸命に立ち向かっている処に、尚も苦難を押し付けんとする天を呪った。

（本当は判っていたんだ。以前から老化の兆候はあったのに認められなかった。ずっと見ないふりをしてたんだ……ごめんね、ヴィットマン）

みつおの言に拠れば、ここからヴィットマンが回復することは年齢的にも難しいため、早晩姿を消すだろうということ。

それは今夜かも知れないし、明日かもしれない。しかし、彼が自力で歩ける時間はもう殆ど残されていないことを考えると、行かせてやるのが望ましいだろうとも。

静子は傍にうずくまっているヴィットマンに触れた。ヴィットマンの体は驚くほどに冷えていた。恐らく既に体温を維持することも難しくなっているのだろう。

せめてもと湯たんぽを用意させると、彼の首やわきの下、太ももの内側などの太い血管が集中している部位に置いて温めることにした。

「判っちゃうんだ。この時代に来てから、現代では考えられない程の生と死を見てきたから。命の火が消えようとしていることが、なんとなく判ってしまうんだ」

自分が彼にしてあげられることは多くないことを悟ると、静子は最後に一度ヴィットマンをぎゅっと壊れ物に触るかのように大事に抱きしめた。

あれほど逞《たくま》しく頼もしかった体は痩《や》せ衰え、かつてのような生命力に満ちた弾力を返してこないが、確かにまだ生きているという温もりがあった。

ヴィットマンはされるがままになっていたが、苦労して頭を起こすと体に抱き着いている静子の頬を舐め、一声鳴いた。

彼の既に良く見えていないであろう目は、それでも静子を真っすぐに見据え、鼻面で静子を押して立ち去るように促した。

「そうだね。私がこんな調子じゃ、お前も心配で旅立てないよね……」

静子は袖口で乱暴に顔を拭うと、周囲の家人に命じた。

「これ以降、この部屋への一切の立ち入りを禁じます。閂《かんぬき》を下さず木戸は開けたままにするように。また夜間に狼の姿を見かけても、一切の接触を禁じます。これは領内全ての村に触れを出して！」

主君の意を受けた従者たちが即座に動き出し、静子邸からほど近い山までの道筋については夜間の外出禁止が言い渡された。


その後も静子は一日一回ヴィットマンの処を訪れ、余り手を付けられていない食事と水を交換し、温くなった湯たんぽの中身を捨て、温かいお湯に入れ替えることを日課に加えた。

ヴィットマンの最期は近い。せめて彼が一生を仕えたことを誇れる主でいようと、静子は決意を新たにする。

「まずは迷惑をかけた皆に謝って、滞っていた仕事をキッチリ片付けないとね」

そう意気込む静子の許へ、騒々しい足音と共に生命力の塊のような人物が訪れた。

「お久しゅうございます、静子様！」

それは日本人には珍しい程の隆々たる体格を誇る人物であった。頭に頭巾《ときん》と呼ばれる六角形の帽子をいただき、はち切れんばかりの肉体を墨染の山伏装束に包んでいる。

謁見の間において、かなりの距離を挟んで向かい合っているというのに、密着しているかのような錯覚に静子は陥っていた。

「お変わりは……無さそうですね。華嶺行者《かれいぎようじや》」

静子は彼の発する熱にあてられたかのように表情を引きつらせながらも声を掛ける。

静子邸に僧侶が訪れること自体はそれほど珍しいことではないが、彼はそれらとは一線を画した存在であった。

出会いの発端は、信孝から相談を受けたことにあった。

曰く、「伊勢詣での道中の山野に天狗が現れる」というもので、参詣客達が襲われることこそ無いものの、荷物を木陰に置いて水を飲みに行ったら荷物を盗まれただの、野犬に襲われそうになったところを助けられ、代金として味噌と塩を要求されただのという噂だ。

深刻な被害が出ている訳ではないが、さりとて放置していては領主としての沽券《こけん》にかかわる。

そう考えた信孝は何度も兵を派遣するのだが、その全てが空振りに終わった。

大人数で準備万端に待ち構えていれば姿を見せず、人数を分散して広く配置すればその圧倒的な身のこなしで翻弄されて歯が立たない。

ほとほと困り果てた信孝は、恥を忍んで静子に頭を下げて腕の立つ武芸者を借りることにした。即ち、静子の側近たる慶次、才蔵、長可《ながよし》の三人が天狗退治に駆り出された。

そもそもいつ何処に出るともわからぬ天狗退治にそれほど乗り気ではなかった三人だが、日が暮れて野営をしようと準備をしていたところに天狗は不意に現れた。

噂に違わぬ異形と見上げる程の体軀《たいく》に比して、驚くほど音を立てずに現れた割にその足取りはフラフラとしており酔っぱらっているようにも見えた。

その様子を見て取った長可は、誰何《すいか》することもなく直ったばかりのバルディッシュで斬りかかった。

それに対する天狗の反応は電撃的であった。夢見心地から覚めたのか、手にした金剛杖で巧みにバルディッシュの刃の内側を叩いて弾き、巨体を軽々と宙に翻してトンボをきった。

着地の隙を見透かして放たれた才蔵の神速の突きは、刃先を天狗の一本下駄に踏みしめられて地に潜った。

正に猿《ましら》の如き身のこなしと、熟達の武人に匹敵する動体視力を持つ化け物だった。

長可と才蔵が戦慄する中、どっかりと胡坐《あぐら》をかいたままの慶次は鍋を掻き回し、中身を椀によそうと天狗に向かって突き付けた。

「匂いに誘われたんだろ？　お前さんも食うかい？」

果たして天狗の応えは雷鳴もかくやという腹の虫であった。毒気を抜かれた長可と才蔵も得物を置き、天狗も面を外すとどっかと座り輪に加わった。

そうなってしまえば、同じく腕に覚えのある武芸者同士が意気投合するのにそれほど時間はかからなかった。

天狗は世を捨てて修験者となった行者であり、余りにも山暮らしが長引いた結果、自分の名前すら忘れたという。

そんな彼を惑わせたのは静子謹製のカレー粉がふんだんに用いられたカレー鍋であった。

その味と香りに天啓を見た天狗は己を華嶺と名乗ることとし、彼の心を惹き付けてやまないカレー粉を製造した静子を主君と戴くことになったのだ。

そうした経緯もあり、雇われてからまだ日が浅いが、その身体能力及び隠形《おんぎょう》能力は熟達の忍どころか、野生動物をも凌《しの》ぐ域に達しており、外交僧としての任を担うことになった。

天狗の面を外していても日に焼けた赤ら顔は天狗じみており、身の丈も六尺（約百八十センチ）を軽く超えているというのに、雑踏に紛れれば即座に姿を見失ってしまう。

また筋骨隆々な見た目とは裏腹に学識にも明るく、若い頃に明《みん》へと渡り治水と土木技術を学んだ学僧でもあった。

「静子様、不躾《ぶしつけ》で済みませぬが先に例の粉《ブツ》を頂けまいか？　報告は既に事務方に渡しておりますゆえ」

「え？　ああ！　すぐに準備させます」

「忝《かたじけな》い。残りが心もとなく、量を減らしてだましだまし過ごしておりましたゆえ、ほれ！　ご覧のように手に震えが……」

「ちょっと！　人聞きの悪いことを言わないで下さい。変なクスリみたいに聞こえるじゃないですか！　アレは単なる混合調味料ですからね？」

道なき山野を苦も無く踏破し、街道など必要とせずに直線距離で移動できる彼は、情報を伝達する伝令として得難い資質を持っていた。

しかし、静子以外の誰もが彼を用いようとしない理由は、その風貌と性格に能力を上回る難があるためだ。

「嗚呼《ああ》！　まこと天竺の香り。一嗅ぎするごとに悟りに近づく気すらする。再び仏道に帰依するべきか……悩ましい」

「かなりの量を渡してあったと思うのですが、何に使ったんですか？」

「冬眠明けの熊に出くわしましてな。向こうも空腹で気が立っておったのでしょう、襲われたゆえ仕方なく殺《あや》め申した。山の掟に従えば、殺めたからには食わねばなりませぬ。しかし、唐突に襲われたが故に縊《くび》り殺してしまい、全身の肉に血が回りこれが食えたものではない。そこで静子様より頂戴した、例の粉を使って鍋に仕立てて供養致しました」

「熊を素手で絞め殺したって聞こえたのですが……まあ、それは良いとして美味《おい》しかったのですか？」

「血《ち》腥《なまぐさ》くて食えぬと思われた肉も、例の粉に掛かれば野趣《やしゅ》あふれる風味と化し、拙僧の血肉となり申した。毛皮や肝も有難く頂戴し、路銀にさせて頂き申した。自然とは実に懐が深い！」

「僧籍に戻れば、肉食はできなくなるんですけどね……」

仏道から山岳信仰や仏教、密教などが習合した修験道へ身を移した彼は、進んで殺生をすることはしないが、生臭《なまぐさ》を絶つという考えは持っていなかった。

「精進潔斎《しょうじんけっさい》はなるほど尊き教えですが、山を前にしては肉も野菜も何ら変わりありませぬ。どちらもその命を奪った以上は、美味しく頂くのが拙僧なりの供養の流儀。拙僧は己を生かして下さる全てに感謝を捧げ、その糧《かて》をいただくのみ」

「そろそろ昼餉の時間だけれど、ご一緒されますか？　猪肉の陶板焼きなんですけど……」

「ふむ、この香りは味噌の焦げる匂い。既に奪った命は戻りませぬゆえ、ありがたく頂戴いたしましょう！　猪も拙僧の血肉となり、山へと帰れることを喜びましょうぞ」

「……なんだか詭弁《きべん》に聞こえるけど、じゃあ用意させるよ」

「山よ神仏よ、そして静子様！　今日も皆様のお陰で飯が美味《うま》い！」

　天狗というより破戒僧なのでは？　と思わないでもない静子だが、戒律を屁とも思っていない相手にそれを言っても詮無きことと苦笑する。

「時に静子様、何やらお悩みのご様子」

「……そんなに判りやすいですか？」

「少し目端の利く者ならば気付きましょう。それほどに御身《おんみ》は慕われておいでなのです。無論、拙僧もその一人を自負して居り申す」

「ありがとう。でも、これは自分で片付けないといけないから」

「静子様、御仏の教えに縋《すが》りたくば拙僧が手ほどき致しましょう。しかし、仏の言葉は聞くだけでは意味がござらぬ。教えを聞いた上で『考えて対峙《たいじ》する』ことが肝要」

「……そうだね」

「仏陀の教えにこうあります。己を変えられるのは己のみ、自らが変わろうと一歩を踏み出すのが大事だと。静子様をお助けしようと考える者は多くおります。しかし、貴女自身がその手を取らぬ限り、彼らは貴女を大切に思うが故に踏み込んでこないでしょう」

「そうだね。こうしている間にも、ずっと皆に助けて貰っているんだものね。彼らの手を取って、恩に報いなければ申し訳ない」

「考え、悩んで出した答えこそが貴女自身の礎《いしずえ》になりましょう。先にも申しましたが、報告は事務方に預けておりますので、説教じみた差し出口はここまでといたします」

割と良いことを口にしていた華嶺行者だが、牛の鳴き声のような腹の虫が全てを台無しにした。

「ふふっ。お腹は正直ですよね。いくらか気分が軽くなりました。先に昼餉を取っていて下さい」

「誠にお恥ずかしながら、拙僧が悟りの境地に至るのはまだ遠いようです」

一度体を折るようにして深々と頭を下げると、彼はその巨体に見合わぬ身のこなしで音もなく部屋から立ち去った。

満面の笑みを浮かべて厨《くりや》へと向かう様は、むしろ清々しくさえあり小さな笑みを浮かべていた静子だが、小姓が持ってきた報告書を読み進むにつれて表情が引き締まった。

「遂に終わる時が来たのね」

本願寺を掌握した頼廉が、遂に織田家との和睦の為に動き出した。華嶺行者の持ち込んだ報告書には、そう書かれていた。

本願寺が織田家に対して和睦を申し入れる。これが意味することは唯一つ。戦国時代の一大勢力であった本願寺が信長に膝を屈するということだ。

今までのような互いの態勢を整えるための一時的な和睦ではなく、自主独立を捨てて完全に織田家の庇護下に入ることを約束する和睦であった。

クーデター勃発から数ヶ月を経て、頼廉は年寄衆などの本願寺首脳部を掌握し、朝廷に対して織田家との仲立ちを依頼した。

これに対して朝廷は勅使を遣わせ、数度のやり取りを経て、この度朝廷が正式に和睦を取り持つことが決まった。

しかし、和睦が成立することイコール石山本願寺からの本願寺勢の退去とはならない。

本願寺側が申し入れた以上、信長が掲げている石山本願寺の明け渡しは確実に実行されなくてはならない。

細々とした条件については和議の場で話し合われるが、主題となるのは教主であった顕如と、彼の子息である教如の去就についてであろう。

「此度の和議には朝廷側として義父上《ちちうえ》（近衛前久のこと）が立たれます。私も関係者として声が掛かっているので、当分は本願寺和睦の件について掛かり切りになります。長くても一月は掛からないと思っていますが。その間、才蔵さんは私と一緒に行動して貰います。他は第二次東国征伐の準備をしておいてね」

本願寺との和睦が公になると、静子は側近たちを召集した。いつもは安土に詰めている高虎《たかとら》も、この時ばかりは帰参していた。

間もなく安土城が落成し、近くお役御免となる可能性が高い。土木建築や築城に於いて一目置かれるようになってはいるが、武士としては戦で功を立てたいという心理があった。

静子が手柄を立てる機会を与えられるよう配慮すると約束してくれてはいても、口を開けて餌が落ちてくるのを待っているだけで済ませられるような性分でもない。

「使わないで済めば良いんだけど、一応足満おじさんは砲の準備もしておいて」

「教如か」

足満の言葉に静子は頷いた。これまで強硬に織田への抗戦を主張していた教如が、今回の和睦をすんなり受け入れるとは考え難い。

彼の一派には淡路《あわじ》や雑賀衆など、本願寺と織田家が対立しているからこそ生活が成り立っている者もいる。

本願寺が和睦などしようものなら、己の食い扶持が無くなってしまうため、何としてでも和睦を妨げようとする可能性が高い。

そうした状況で旗頭となるのは、強硬派の首魁《しゅかい》でもある教如だろう。

事実、史実に於いても顕如が石山本願寺を放棄した際、彼は顕如の退去命令を無視して本願寺を占拠した。

その後、本願寺は時の為政者である秀吉や家康に利用され続け、最終的に家康が東西本願寺体制を確立させるまで動乱の時を過ごす。

（東西本願寺体制が出来上がる際に、彼らが自分の正当性を喧伝するために色々と話を盛った結果、まるで上様が悪行を為したように広めてそれが定着したんだよね。これだけは避けないといけないから、顕如の後継者はこちらで指定しないと……）

武装勢力としての本願寺が潰えるのであれば、信長も静子もそれほど介入する気が無かった。

現時点ですら何かと悪評が絶えない信長に、やってもいない悪行を押し付けられては堪らない。

「教如から見れば、主権を簒奪した頼廉の言葉なんかには従わないでしょうね。実の父である顕如の言葉にすら従わなかったんだから。何とかして実権を握り返し、本願寺に籠城しての徹底抗戦を唱えるでしょう。最早動かせる兵も、彼らを食わせる銭も米も無いのに……」

「抵抗するならば、本願寺と運命を共にさせれば良い。しないのならば放置で良かろう。正直、最早本願寺に抵抗するような余力はないだろう」

長可の言うことにも一理ある。近頃の信長はいくさを仕掛けていないように見えるが、実際はそうではない。

武力衝突という判り易いいくさをしていないだけであり、本願寺に対して経済戦争という名のいくさをずっと仕掛け続けていたのだ。

　武力衝突を待たずして、経済的に抑え込まれて民に充分飯を食わせられなくなった本願寺に勝ち目は無かった。

　頼廉はその現実を理解したからこそ、まだ恰好が付く間に和睦という形で降伏することを信長に申し出た。

「余力がある無いは別にして、今の教如は破れかぶれになっている。こういう手合いは一番厄介だよ。高すぎる自尊心を捨てられないがために、現状を正常に認識できず、絶対に勝てない相手にも噛みつく可能性がある。『窮鼠猫《きゅうそ》を噛む』の言葉があるように、小物は追い詰めすぎると危ないよ」

「誰を噛むつもりか知らないが、こっちに向かってくるなら叩き潰すだけさ」

「……まあ、それしかないかな。誰彼構わず噛みつく危険分子なんて、誰にとっても不利益しか生まないからね。でも、頼廉としては嫡子である教如を生かしたいだろうね。これは落としどころが難しいかもしれない」

「まあ、その辺りは織田の殿様が決めることだ。ここで静っちが悩んだところでしょうがない」

　考えを巡らせているところへ慶次が横から口を挟んできた。

　実際のところ、彼の言うように講和条件などの一切合切について決定権を持っているのは信長である。静子が進言しても、信長が否と言えばお終いだ。

「……そうだね。これ以上は私が気を揉んでも仕方ない。他に話がないなら、これで軍議を解散します」

参加者全員を見やりながら静子が声をかけた。それに対して誰もが沈黙を以て応えたため、軍議はそれで終わりとなった。

それぞれに部隊を抱える慶次や長可は部屋を後にしたが、静子の護衛である才蔵だけは付き従っている。

(頼廉と上様が裏で繋がっているとすると、上様以外で本願寺に働きかけている勢力が見えてくる。今は確たる証拠もないけれど、十中八九武田や北条《ほうじょう》の背後に彼がいる。やっぱり史実通り、大人しくするつもりはないようだね)

武田が北条と同盟を組むのは、今の東国状況を考えれば当然の選択肢である。一方の北条は、落ち目であり弱っている武田と同盟を結ぶ意味合いが薄い。

しかし、現実には北条と武田は手を結び、織田家の東国征伐に対して牙を剝いた。不可解なのは北条だけではない。

越後の上杉《うえすぎ》家に巣食う親北条派が、織田家の東国征伐に合わせて動く素振りを見せた。

今まではそれぞれが勝手に動いていたのに、明らかに誰かが旗を振って歩調を合わせている様子が窺える。

ここまで見えれば話は早い。

上杉に織田との同盟を破棄させるよう画策し、敗走した武田と利害が衝突する北条とを同盟で結び、渋る毛利を本願寺の援助に駆り出した。

第三次織田包囲網を作り上げようと血道を上げる人物。

（足利義昭《あしかがよしあき》、まだ将軍の座を諦めきれないのか）

ことがここに至っても己が野心を諦めきれず、残された政治力を駆使して信長に牙を立てんとする人物の名を、静子は心の中で呟いていた。


軍議が大した進展もなく終わった後、足満は静子邸の中庭にある四阿《あずまや》に立ち、春の訪れを予感させる池周辺を眺めていた。

さも風景を楽しんでいるように装っているが、彼の内心は怒りで煮えたぎっていた。

（八つ裂きにしたとて、まだ足らぬわ！）

無意識に指先が白くなる程に握りしめていた拳を開き、足満は静かに呼気を吐き出した。

彼がここまで怒りをあらわにする原因は言うまでもない。何者かが静子を害そうとしたという情報を摑んだからだ。

ことは昨年にまで遡る。ある日、京にほど近い場所に店を構える旅籠の主人から足満の許へと一報が齎された。

主人の旅籠はそれなりの宿泊料を取っているにもかかわらず、連泊を申し込んできた宿泊客の身なりや人相が悪く、それとなく様子を窺うように店の者に指示していた。

料理を運んでいた下女が、廊下で『静子』という名を男達が何度となく口にする様子を聞きつけ、主人に報告したという経緯だ。

主要な街道筋で宿を営む経営者には、全て足満が鼻薬を嗅がせているため、その情報は程なく足満の許へと届けられることになった。

疑わしいというだけで足満には十分であり、即座に手下を動員して問題の宿泊客の全員を攫《さら》った。

足満は一切の躊躇なく拷問を行い、首謀者に洗いざらいを話させた。

彼らの口から飛び出してきたのは、あろうことか静子の暗殺計画であり、他にもならず者同士で連絡を取り合い同時多発的に仕掛ける計画だった。

我が身可愛さにここまで語った首謀者が、その後どういう運命を辿ったかは敢えて語るまい。

計画を知った足満は、烈火の如き勢いで企てに加担した連中を抹殺していった。同時にならず者共に情報や金を提供し、静子の暗殺を試みた黒幕を調べ上げた。

何人もの人を経由させ、真の黒幕が誰なのか摑ませないようにしていた様子だが、足満はその全てを芋づる式に締め上げて黒幕に辿り着いた。

（義昭め！　織田に敵意を持ち織田包囲網を作らんとするのは構わぬ。しかし静子を直接狙うとなれば話は別だ。その身を八つ裂きにして、鴉《からす》に食わせても尚飽き足らぬ）

義昭からすれば、己が最も頼みとしていた武田信玄《しんげん》の西上作戦を阻み、苦労して包囲網を作り上げて織田を締め付けても、織田家はやせ細るどころか小動《こゆるぎ》もしない体制を作り上げた静子の存在は、邪魔どころか怨敵と呼ぶに相応しい。

義昭自身が毛利家の預かりとなって以降も、事あるごとに織田の勢いを挫《くじ》く策を練っては実行していた。

しかし、そのどれもが不発もしくは、仕掛けたのだが何ら痛痒《つうよう》を与えることができないでいた。

義昭からすれば『将を射んとする者はまず馬を射よ』の馬が静子であった。

しかし、信長自身が静子の重要性を知悉しているだけに彼女の守りは堅固であった。

まず彼女の領地自体が、何重にも周囲を守られた織田勢力の中心部に位置しており、外部の勢力がおいそれと近づくことすら難しい。

更に静子本人が『君子危うきに近寄らず』を徹底しており、余程のことが無い限りは守りの内側から出てこない。

そんな中で、唯一静子の警備が薄くなるチャンスが訪れる。正月の挨拶回りで、遅れて安土へ移動するとの情報を掴んだのだ。

義昭からすれば千載一遇のチャンスであった。

しかし問題が持ち上がる。静子襲撃の実行犯の選定が上手くいかなかった。

義昭としては静子を襲撃するのは、彼女の統治に不満を持つ静子領内の破落戸《ごろつき》などが望ましい。だが静子の統治下にある民は、静子に対して不満を抱いておらず、また不満や要望を上申するための経路が整備されていた。

従って静子領内では、所謂『ならず者』が殆ど存在しない。

全員が不満を持たない統治などはあり得ないし、静子に反骨心を抱く者は当然発生するのだが、それぞれそれを受け入れる枠組みが用意されていた。

乱暴者や素行の悪い者は、兵隊の適性有りということで予備役兵に組み込まれ、彼らにとって判り易い力の理《ことわり》が支配する軍隊という秩序に組み込まれる。

そもそも人間というものは衣食住が満たされ、毎日やることがあり、それに向かって努力して報われていれば案外悪さ等しないものである。

勿論、中には札付きの悪や、どうしようもない程の屑という者も存在する。それらはどうなるのか？　共同体から排除される。

排除された彼らがどうなったのかを知るものは、汚れ仕事を担う者しか知らない。

義昭が考えた静子暗殺計画は良く練られてはいたが、詰めが甘かったため潰された。

それを知った義昭は怒り心頭になり、周囲に当たり散らしていたのだが、彼は虎の尾を踏んだことに気付いていなかった。

「軽い意趣返しをしてやったが、一向に腹の虫が治まらぬ」

足満は義昭に対して挨拶代わりの贈り物をしていた。それは彼の朝餉に静子襲撃計画に加担した者の体の一部を供することであった。

更には彼の枕元に、暗殺計画を企てたことを把握しており、必ずや自分の行いを後悔させてやるという熱意溢れる文が届いていた。

毛利側も義昭が害されては外聞が悪いため警護を厳重にするのだが、それを嘲笑《あざわら》うかのように連日義昭への熱烈な贈り物が途絶えることはなかった。

「自分が何をしでかしたか理解せぬまま殺しては意味がない。自分がしでかしたことの重さを理解するまで突き付け、殺してくれと哀願するまで追い詰めねばな」

元より兄弟であるという身内意識は希薄だったが、静子に害を為そうとした時点でどんな手を使ってでも葬るべき敵となった。

一度スイッチが入ってしまえば静子以外に彼を止められる人物はいない。たとえ信長が掣肘《せいちゅう》しようとしたとて己の命を懸けて押し通す。それが足満という男であった。

「ふっ、奴のことはひとまず後だ。今は静子の命を果たさねばならん」

砲の準備には時間がかかる。一発の砲弾を発射するのに要する火薬の量だけを見ても、新式銃などとは比べ物にならない。

しかし、それほどの資源を費やしてでも砲を使用する理由があった。それは判り易い力の象徴だからだ。

敵単体を攻撃するだけの銃と異なり、曲射弾道で撃ち込まれ周囲一帯を無差別に攻撃する砲では被害の出かたに雲泥の差がある。

どれ程堅牢な城壁に守られた要塞に籠もろうとも、天より落ちてくる破壊の雨には対抗する術すらないという事実は、確実に敵の心を挫くだろう。

降伏して生を拾うか、無意味に牙を剝いた挙句に死体すら残らぬ殺戮《さつりく》を受けるかと聞かれて、後者を選択する狂人はそうはいない。

「恐らく次の東国征伐では静子に『余裕を見せつけろ』と織田が命じるだろう」

信玄との三方ヶ原《みかたがはら》の戦いでは、自軍の総力を挙げて防衛戦に勝利した。

世間では違った評価が為されているようだが、静子の中では相手を自分のホームグランドに誘い込み、事前に調査した地の利を生かした防衛を成功させたと理解している。

しかし、今回はその逆となりこちらが攻め手となるのだ。戦場は選べずとも、攻め時も攻め方も自分達が思うようにできるというのは大きい。

更に以前と比較しても、長足の工業化を成し遂げており、軍備の増強は計り知れない。

直近のいくさで敗北を喫しているだけに、次回の征伐では圧倒的な戦果を世に見せつける必要があった。

静子が何を成し遂げるか、今から楽しみだと足満は思った。

千五百七十六年　四月上旬

四月を目前に控え、春もたけなわといった頃合いからか、信長は臣下の者へ花見の宴の開催を告げた。

本願寺との講和は未だ目処が立たないが、功を上げた家臣達を賞するものだろうと皆は考えていた。

一方静子と言えば、信長から酒宴に関する様々な物品の用意を仰せつかり、その内容から『酒宴にかこつけて、自分が甘いものを食べたくなった』という信長の思惑を見抜いていた。

ヴィットマンのこともあって長期間の留守を避けたいという思いもあったが、少し状態が落ち着いてきたことと、彩達の後押しもあって、久々の晴れの場へと姿を見せることとなった。

信長の配下も大所帯となった結果、名だたる武将は日ノ本の各地に散っている。宴に関する物品の調達を担う静子を除けば、近畿圏に本拠を置く武将たちは余裕を持って安土入りを果たす。

静子自身は物資の手配をし終えると、一足先に安土へと向かうことになった。

現時点で本願寺との和睦に関して音頭を取っているのは、静子の養父でもある近衛前久であり、静子自身は彼から要請があれば支援する程度の関わりしか持っておらず、身軽に行動できた。

「昔は衣装にお金をかける意義を見出せなかったけど、今の立場になったからか社交の場に於ける服装が持つ意味が解るようになったなあ。この特注の振袖《ふりそで》……いったい幾らするのか聞いてないけど、絶対汚せない雰囲気があるよね」

静子はそう言って、仰々しい行李《こうり》から取り出され、衣文《えもん》掛《か》けから存在感を訴えかけてくる振袖を見やった。

今回の宴に際して、彩と蕭は静子の衣装にと用意していた虎の子を披露することにした。

これまでの静子は着飾る機会など無く、地位相応の装いをする場合も正装となれば男装であり、素材や縫製などは一級品を用いているが華美とは言えないものであった。

しかし、信長主催の花見となれば話は変わる。礼を欠いていなければ少々羽目を外したところで咎められることもない。

それを知った彩たちの行動は素早かった。最も華やいで然るべき娘時代の殆どを、野良仕事と血腥いいくさで費やし、未婚のまま義理とは言え一男一女を得ている。

今を逃せば静子が女としての晴れ舞台に上がることはないと考えた彩たちは、ただ一度の機会を以て永く後世にまで語り継がれる程の印象を残そうとした。

静子としては妙に張り切っている彩達を他所に、いつも通りの男装をするつもりであったため、用意された衣装を目にして仰天することになる。

果たして彼女達が静子の前に差し出したのは、現代に於いて未婚女性の第一礼装とされる五つ紋付きの本振袖だったからだ。

因みに未婚女性に限定されたのは近年のことであり、戦国時代に於いてはそういった制限は存在しない。

史実に於いては江戸時代、娘盛りである十七～十九歳を過ぎれば振袖を着なくなったというが、その際でも既婚未婚は問われていなかった。

未婚女性の象徴として扱われるようになった所以《ゆえん》は諸説あるが、一説には「袖を振る」という行為が神事に於ける巫女の神楽舞《かぐらまい》や魂振《たまふ》りに通じるため、江戸時代に意中の相手を振り向かせる、または相手に愛情を示す行為として「袖を振る」ようになったというものがある。

これが若い女性の間で流行した結果、振袖は未婚女性が着る衣装として定着し、結婚後は袖の短い留袖《とめそで》を着用するようになったという。

余談だが他にも時代劇などで外出する伴侶に対して、奥方が火打石をカンカンと鳴らして送り出すという表現が見られる。

あれは音を鳴らし空気を震わせ、火花を飛ばして厄を払うという意味がある。転じて今日《こんにち》でも見られる手を振って見送るなどの所作として、簡略化されながらも脈々と受け継がれている。

「それにしても赤紫《マゼンタ》地って……赤ほどじゃないけれど充分ド派手だよね。絵柄も『ろうけつ染め』を使って吉祥の草花を精緻に染め上げてるから異様に目立つし」

素材には正絹《しょうけん》を用い、地色にフォーマルな黒ではなく優美な赤紫を選ぶ。更に単色ではなく、図柄に合わせて地色もグラデーションをつけてあり、染物師の執念にも似た熱意が窺えた。

これが白みの強い柄と合わさった際の華やかさときたら目を瞠《みは》る程でありながら、厭味《いやみ》にならず上品にまとまっているという、実に攻めた振袖となっていた。

「こんなの着こんだら、歩くだけでも一苦労なんだけど？」

「ご安心ください、当日は輿《こし》に乗って頂きます」

「うーん、流石に二十歳《はたち》を過ぎた年増の私がこの恰好は……痛々しくないかな？」

「静子様の衣装に異を唱えられる者など、上様たちを除いておられませぬ。静子様のお姿こそが流行となるのです」

静子はやんわりといつも通りの男装を希望したのだが、今日の彩達は手ごわく頑として主張を曲げなかった。

彼女達も何か思惑があってこの衣装を推しており、それが自分の為になると思ってくれていることを察して、静子は彼女達の好きにさせることにした。

（あ、帯を見せてもらってないや。まあ、いいか。一任した以上は腹を括ろう）

一度開き直ってしまえば、むしろどんな趣向を凝らした帯が出て来るのか楽しめる余裕すら出てきた。

当日となり、着付けに際して見せられた帯も華美なものではあったが、中途半端に柄が入っており奇妙だなと首を傾げることになった。

しかし、着付けが終わって全体像を姿見で確認した時に、その意図が理解できた。

「なるほど。振袖の絵柄が帯と合わさっても図柄として成立するようになっているんだ。この振袖専用の帯か……」

自分が今後、何回この振袖を着る機会があるかを考えると空恐ろしくもなったが、帯と振袖が一体感を醸し出しており、素晴らしい仕上がりであった。

難を言えば静子の体型に誂《あつら》えた一点ものであり、また精緻な図柄が災いして着崩れが許されないという着こなしの難しい着物でもあった。

「準備万端抜かりありません。間もなく輿が参りますのでもうしばらくお待ちください」

「うん。下手に動けないから、悪いけど休ませて貰うね」

そう言うと慌ただしく動き回る彩や蕭に向かって、静子は袖を振った。

その様子は草花が風に揺らぐかのように優美であり、何人もの小間使いが見惚《みと》れて手を止める程であったのだが、静子だけが気付いていなかった。

「四六や器も連れていければ良かったんだけど、今回は面子が厳選されてるからなあ」

今回の宴に招かれたのは、石山本願寺との一連の騒動に於いて特別の功有りと認められた者であった。

故に光秀は招かれているが、秀吉には声が掛かっておらず、内助の功があった訳でもない四六や器も当然対象外となる。

招待客の選考自体は信長が独断で行っており、その選考基準は不明だが、夫が留守中の家内を取りまとめたとして内助の功が評価されたのか、妻子や親族の帯同を許された者もいた。

出立の直前に信長からの遣いが訪れ、その準備を終えた静子は彩達の介添えを受けて用意された輿に乗り込んだ。

普段は自分の足で歩くか、馬での移動が常となっていたため、人力で担いで移動する輿に違和感を抱いていた。

しかしそれも少しの間だけであり、花見の宴席に到着する頃にはそのゆったりとした歩みと僅かな上下動に、電車のリズムにも似ているなと思うほどになっていた。

会場に到着すると輿が下ろされ、御簾《みす》が持ち上げられると、蕭の手を借りて地に降り立った。

「お待ちしておりました、静子様」

案内役を付けるとの信長の言葉通り、到着した静子に声をかける者がいた。

そちらへ目を向けると紋付の裃《かみしも》姿の堀秀政《ほりひでまさ》がお辞儀の体勢から顔を起こし、静子の艶姿を目にして固まってしまっている。

今や近習の筆頭として知られており、信長の信任を得ている彼は静子と顔を合わせることも多い。しかし、その彼をして此度の静子の出で立ちは想定の範疇外であったようで、礼節に長じた彼らしくない振る舞いとなっていた。

無言で凝視されて少し居心地の悪い静子は、自分から声をかけることにした。

「堀様直々にお出迎え頂けるとは恐縮です。此度は花見の席とのこと、お目汚しかとは思いますが、枯れ木も山の賑わいと申しますしご容赦願います」

そう言って自嘲気味に静子がほほ笑むと、堀は弾かれたように頭を下げると無礼を詫びた。

「ご無礼をお許しください。静子様の麗しいお姿を目にし、思わず言葉を失っておりました」

「堀様のような殿方にそう仰っていただけるのなら、年甲斐もなくこのような恰好をした甲斐があるというものです」

静子は如才ない堀の社交辞令だと判断し、さらりと流したのだが堀は心底驚嘆していた。

それもそのはず、今の静子はつま先から頭のてっぺんまで彩と蕭の手によって磨き上げられ、いつもの男装の静子を見慣れている者ほどギャップに驚くことになる。

髪は椿油を配合した特製のトリートメントで整えられ、日の光を受けて艶やかな光沢を見せており、肌は鉛を含まない特製の白粉《おしろい》を始めとした基礎化粧品によって現代で言うナチュラルメイクに仕上がっていた。

ナチュラルメイクとは化粧をしないのではなく、それと判らないよう自然をよそおって化粧を施すことに意味がある。

その点では彩と蕭の腕前は、一級のメイクアップアーティストだと言えよう。

「この堀、誓って世辞など申しませぬ。しかし、折角の艶姿を上様にご披露せぬ訳にも参りませぬ。早速ではありますが、ご案内仕ります」

堀の言葉に静子は首肯すると、宴席の主会場からやや離れた位置に建てられた四阿へと誘導される。

主催者自身が会場を放り出して何をしているのかと静子は思ったが、会場の誰からも不満が上がらない以上は黙認することにした。

「上様、静子様が参られました」

四阿では緋毛氈《ひもうせん》の敷かれた縁台に腰掛けた信長が、花盛りの桜を見上げていた。

「大儀であった。下がって良いぞ」

「はっ」

「静子、近う参れ」

「はっ」

信長の応えを受けて堀は四阿の外へと下がり、入れ替わりに静子が中へと進む。

外の桜へと視線を向けたままの信長が振り返ると、僅かに息を呑んだあと微笑しつつ言葉を紡いだ。

「『君《きみ》飾らざれば臣敬《しんうやま》わず』とは良く言ったものよ。見事に化けおったな、見違えたぞ静子。まあ良い、貴様も掛けよ」

「失礼致します」

信長はそう言って自分が腰掛ける縁台へと静子を招いた。主君と同席というのは畏れ多いが、本人が座れというのだから静子としては従うほかない。

当然と言えば当然だが、四阿の周囲には護衛が配されており、堀も近くに控えている。しかし、二人の距離がここまで近ければ、会話が外に漏れることは無い。

「して、首尾はどうなった?」

「上々です。西は毛利、東は北条まで主要な地域は掌握できました。表立って朝敵になりたい国人はおりません」

そう言って静子はクスリとほほ笑む。朝敵とは天子に弓引く逆賊のことを言う。建前社会の武家に於いて、朝敵に認定されるということは非常に重い。

一度朝敵に指定されれば日ノ本中の国人から狙われることになる。これを回避するには朝廷に対して降伏を申し入れるか、討伐軍を撃退し、有利な条件で講和を申し込むしかない。

「少しは腹芸も身に付いたか？」

「良い先達のご指導あってのことです。それに私は芸事保護の為に必要なことをしたまでです」

「ぬかしおる」

静子の言葉を受けて信長は太い笑みを浮かべた。既に静子のライフワークとして認知されている芸事保護の活動は、朝廷の支援もあって広く日ノ本中に周知されるに至った。

静子はその成果を資料として編纂し、定期的に帝へと献上していた。カメラの実用化以降は、誰の目にも明らかで判り易い資料が届くに至り、正親町《おおぎまち》天皇はその実績を賞してとある綸旨を発した。

その綸旨とは「静子の芸事保護は朝廷の事業であり、協力の要請があった場合は最大限の便宜を図るように」というものであった。

つまり静子は芸事保護の為という大義名分があれば、たとえ敵対する国人の領地であろうともフリーパスに近い待遇を受けることができるのだ。

当然敵対勢力下では監視も付くが、自国内で静子一行の身に何かあれば己の不手際を責められるため、手勢を護衛に当たらせる必要すらあった。

「万難を排するためにも、近衛家の方々に色々と動いて頂きましたので、少々大枚を叩くことになりましたが安全には変えられません」

「その名目でどの程度網羅できた？」

「主要な街道沿いは全てと申し上げておきます」

野心溢れる信長がこの降って湧いた好機を逃すはずもなかった。信長は静子の芸事保護の要員の中に当初間者を潜り込ませようとした。

しかし、これは上手くいかなかった。流石に蛇の道は蛇というべきか、間者は間者を見分けることができる。

そこで信長は別の方向からアプローチを掛けることにした。それは芸事保護の一環と称して器材に測量道具を持ち込み、象眼儀等を用いて簡易測量をして回らせた。

この時代で検地などに用いられる原始的な測量道具とは見た目がかけ離れており、一見何をしているのか判らないことも相俟《あいま》って、誰にも邪魔されずにあちこちを測量して回ることができた。

「では、頼んでいた甘味を貰おうか」

「はい、こちらに」

返事と共に静子は振袖の袂《たもと》から幾つもの封筒を取り出して見せた。

信長の前に並べられた封筒には、表に西は『安芸《あき》（毛利の本拠地）』から北は『甲斐《かい》（武田の本拠地）』、南は『安房《あわ》（北条の領土）』までがずらりと並ぶ。

更には『播磨』や『堺』、『三河』に『伊豆』や『相模』といった戦略上の重要拠点もあり、中でも『三河』や『大和』、『越後』などは味方の土地のものさえあった。

「それと、こちらが近衛家の名物『京便り《きようだよ》』となります。なかなか面白い仕上がりですよ？」

『京便り』とは近衛前久が発行する週刊の新聞に近いものを指す。購読できる者は公家に限られ、日ノ本の情勢動向から京での流行、祭事や催し物のお知らせなど幅広い情報を提供する。

自分に属する派閥の情報共有を円滑にするためと銘打って手掛けた情報誌だが、今では京の公家でこれに目を通さない者は流行から取り残されるとあって皆がこぞって求めるものとなった。

紙面を通じた交流も図られ、朝廷での人事やお悔み等の情報、購読者同士が自作の和歌を掲載するコーナーを設けるなど、あり得ない程に充実した内容を低価格で提供していた。

当然これには絡繰りがあり、如何に権勢を誇る近衛家であろうとも金食い虫である紙を用いて、これも新技術の結晶である印刷をした上で送り出すとなれば儲けが無ければ続けられない。

この情報誌に金を出したのは商人だった。現代に於いてもテレビＣＭやＷｅｂ広告などに企業が広告料を支払うように、少しでも先見の明があるものならば、有力者の多くが目にする媒体というものに、自分の商品を掲載できるメリットを見逃すはずがない。

そして何よりこの『京便り』には自由があった。明らかに織田家と懇意にしている近衛前久が主宰しているにもかかわらず、織田家の事業と敵対関係にある商人であろうとも出稿することができた。

何処の誰であろうとも、紙面に占める割合に応じた一定の広告料を払えば、自分の主張を紙面に掲載できるとあって、『京便り』の社会面は活気づいていた。

こうした気運が醸成されたこともあって、和歌の交流コーナーでも公然と織田家を皮肉る内容の和歌が掲載され、それを囃《はや》し立てる返歌も翌号に載る。

織田家を面白く思わない宗教家たちが、紙面で論陣を張ってみたりと混沌《こんとん》とした様相を見せていた。

「彼らは義父上《ちちうえ》が何処で『京便り』を印刷しているのか気にならないのでしょう。天下人を公然と批判しても、何処からもお咎めがないのなら身内同士の文のやり取りの延長上と安心してしまったのでしょうね」

前久は法に反さない限りは、どのような内容の原稿も掲載したし、誰にもその内容を漏らすことは無かった。

無論、面と向かって帝を批難することは許されないし、公家達も自分達の屋台骨である皇室を批判するような愚は犯さない。

公家達は身内だけが購読できるという性格上、皆が共犯者であり公家内の秘密が外部に漏れないと思い込まされてしまった。

「京にある貴様の屋敷は、関白殿の立ち寄り所と呼ばれておるそうだ」

「京で輪転機がある処と言えば、私の別邸だけですからね。私の京屋敷には、全ての『京便り』が一部漏らさず保管されているということまでは理解が及ばないのでしょう」

静子の京屋敷は、今や前久の屋敷と思っている人の方が多いほどであり、近衛の本宅を訪ねるよりも静子の京屋敷を訪ねた方が前久が捕まる確率は高い。

「そうなるように仕向けたのは誰だったかな？」

「さて、そのような底意地の悪い御仁は存じ上げません」

「まあ良いわ。これで騒々しく囀《さえず》る雀どもの動向も丸見えよ、本願寺が片付き次第大掃除をしてくれよう」

戦国時代最大の武装宗教勢力である本願寺が倒れれば、他の宗教家たちでは信長に抗する勢力とはなり得ない。

事がここに至れば、大きな宗教勢力に育つ前にその芽を摘むこともできる上に、信長に反旗を翻すだけの神輿《みこし》も適任者がいない。

搦め手に長けた公家の動向は、前久の手によって織田家に筒抜けとなっている現状、信長は先んじて全ての武家を己の支配下に組み入れようと画策していた。

その為には西では毛利、東は武田と北条を下さねば武家の統領を名乗ることはできない。

「奴らの驚く顔が楽しみだ」

敵に与えられた仮初《かりそめ》の自由とも知らず謳歌し、紙面上で信長を鄙《ひな》もの（田舎者の意）と蔑んでいる公家達が、自分の前にひれ伏す時を思うと楽しみで仕方ない信長だった。


静子の渡した測量図等の文書を信長自らが厳重に保管したのち、二人は連れ立って花見会場へと姿を見せた。

主役である信長の登場と、いつになく華やかな静子の装いに周囲の動揺がさざなみのように伝播してゆく様が見て取れた。

信長自身が静子を伴って現れるという行為は、静子の立ち位置がより強固なものとなったことを周囲に知らしめていた。

「ほほっ。そなたにしては珍しく攻めた装いではないか」

扇子で口元を隠しながら濃姫が楽し気に呟くと、彼女の手によって静子は男の社会から女性の社交場へと拉致された。

「殿は充分静子で遊んだはず。これ以降は妾《わらわ》達が静子で遊びまする」

濃姫の思惑を察したのか、それとも面倒ごとを避けたのか、信長はため息を一つ吐き出すと好きにせよと言い捨てた。

そうして静子が連れてこられたのは、男達の宴会場から少し離れた、桜並木の下に用意された茶会の席だった。

（ああ、ようやく彩ちゃんと蕭ちゃんが必死になってこれを着せたがった理由が解った）

静子はこれまで活動の場の主軸を、男社会に置いていた。しかし、ここは男の力学から切り離された女の園であった。

今までの静子は男装をしていたため、どうしても隔意があると見做されていたのだが、ようやく立場に相応しい衣装を纏い、奥向きを取り仕切る女性社会の社交場へとデビューすることになったのだ。

静子の年齢を考えれば遅すぎるが、立場を考えれば絶対に手を抜けない初のお披露目である。ここで舐められれば、序列の下位へと押し込められてしまい、容易には浮上できない。

そこで彩と蕭はもてる権力を総動員し、使える伝手を全て使って、最先端かつ誰が見ても評価せざるを得ない程の逸品を用意する必要があったのだ。

その甲斐もあって、茶会に同席する貴婦人たちの目は静子に釘付けとなっていた。主家の女主である濃姫が寵愛しているため、表立っては口にしないものの、粗野でがさつと揶揄《やゆ》していた静子の手弱女《たおやめ》ぶりは彼女らの価値観を揺さぶった。

自分もあのように鮮やかな染色の施された着物を身に着けてみたい。普段の静子が見せる日に焼けた肌を白く見せる魔法は一体何なのかを知りたいと誰もが思った。

女性の社会に於いて美しいということは正義であり、憧れを抱かれるというだけで一目置かれることになる。誰もが憧憬を抱く流行を発信した静子を軽んじられるものなど、ここにはいなかった。静子は己を見る周囲の視線が変わったことには気付いたが、このような場合にどう振る舞えば良いのか判らず、その場から動けずにいた。

そして当然そうした状況下で静子に手を差し伸べるのは、例によって濃姫達であった。彼女らは口々に静子の装いを褒めそやし、周囲にも同意を求めてごく自然に歓迎のムードを作り上げた。場慣れしていない静子には直接会話させず、比較的静子に好意的な女性陣を中心に据えると、静子の品評会が始まった。

「これ静子、そこでこうクルリと回ってみせよ。なるほど、地の色に濃淡を持たせることで色合いの幅を見せるのか。この精緻な図柄はどうじゃ！　これはそなたの領の染物師の手によるものか？」

「あ、はい。我が領で新たに開発しました蠟《ろう》を使った『ろうけつ染め』によるものです。従来のものよりも更に色の滲みがなくなり、くっきりとした図柄となるようです」

「なるほどのう。妾も一着仕立てようかの？」

静子にだけ見えるようにニマニマと若干いやらしい笑みを浮かべた濃姫は、会話で流れを誘導した。この場に於ける女性の頂点である濃姫が良いと認め、その品を求めようとしたのだ。既に流行は発信されたと言っても過言ではない。

仮に静子が一人だった場合、これほど巧みに周囲に認めさせることができたかは甚《はなは》だ怪しい。

「ご覧のように袖の丈を長くしておりますので、使用する布も多くなります。必然的に、その分お値段が張りますので気軽に店に卸せる品ではございません。しかし、うちの御用商人にお声が け頂ければ、相応のお時間を頂戴することになりますが、皆様のお手元にお届けできるかと」

静子の言葉を受けて、貴婦人たちは口々に噂をし合っている。静子の御用商人と言えば『田上屋』の一門を指し、それこそ日ノ本中の何処にでも暖簾分けされた店が軒を並べている。

そういった背景もあって俄然女性陣の購買意欲が盛り上がったところへ、静子が着物生地の見本帳を広げたことで一気に物欲が具体化した。

「この生地が素敵」「こっちの模様が可愛らしい」などと周囲は彼女を中心とした熱狂の渦へと呑み込まれていった。

「まだまだ頭の固い手合いが居るゆえ手が掛かるが、これで女社会でも静子の地位は確固たるものになるじゃろう」

周囲の反応に気をよくした濃姫は、一人ほくそ笑んでいた。

千五百七十六年 五月下旬

信長達が賑やかな花見の酒宴を催している頃、石山本願寺では対照的に打ち捨てられた廃墟のような寂寥《せきりょう》感に満ちていた。

本願寺内部では頼廉率いる穏健派が主流となり、教如のように徹底抗戦を唱える強硬派は勢いを失っていた。

しかし、追い詰められた組織がより過激に先鋭化するのは世の常であり、ご多分に漏れず教如たち強硬派も武装解除に応じず山中の僧房を占拠し立て籠もっていた。

またそのどちらの勢力にも属さない僧たちは、持てるだけの財産を抱えて既に包囲の解かれた本願寺から脱していた。

その姿を見た信徒たちも本願寺の行く末を悟り、沈みゆく船から鼠が逃げ出すかのように我先にと離散していった。

武装解除に応じたとは言え、多くの人々が生活できるだけの環境であった本願寺内には様々な物資が蓄えられており、信徒たちは行き掛けの駄賃とばかりに鍋や釜といった生活雑貨まで持ち去ってしまった。

かつては各山門前に山と積まれた武具類は、織田軍の手によって運び去られたため、信徒たちが手にできる金目の物が限られていたとも言える。

それらについて報告を受けた頼廉は、「そうか」とだけ呟いたのみで、何ら対応を取ろうとはしなかった。

「法主」

頼廉は顕如が幽閉されている牢の前で立ち尽くしていた。現在の本願寺代表は頼廉であり、法主の座を追われた顕如は単なる一僧侶に過ぎない。

それでも頼廉にとっての法主とは顕如しかいない。織田家と交渉するには本願寺代表となるしかなく、顕如を幽閉した後も頼廉自身が法主を名乗ることはなかった。

「法主」

夕闇が迫ろうと言うのに灯りすら使わない牢の主に向かい、頼廉が再び声を掛けた。しかし、牢から応えが返ることはなかった。

頼廉は返事が無いのを当然と考えていた。どう言い繕《つくろ》ったところで本願寺にとって己は裏切り者に過ぎない。

顕如が頑《かたく》なに会話を拒むのも当然と捉え、返事がなくともこうして日参し、日々の報告を闇に向かって続けている。

「法主、織田との和睦は順調に進んでおります。この和睦を以て、我らは織田の管理下に置かれることとなり、その証拠としてここ本願寺を明け渡します」

信長との和睦に於いて、絶対に呑まねばならぬ条件。それが一向宗の総本山である、石山本願寺の放棄であった。

石山本願寺とは日ノ本各地に散った本願寺門徒にとって信仰の拠り所であり、史実に於いて信長と足掛け十年以上に亘って戦うことができた要塞でもあった。

それ故に信長が和睦を結ぶ上での最低条件として本願寺からの退去を言い渡すことは確実であった。裏を返せば、本願寺さえ抑えていれば、各地で一向一揆が勃発しようとも如何様にも対処できるという自信の表れでもある。

「他にも戦費を贖《あがな》うため、様々な条件を突き付けられることでしょう。そして、最後まで残った信徒たちは雑賀衆が受け入れてくれることとなりました」

頼廉は予《かね》て顕如が気に掛けていた信徒の今後についてを語った。末端の信徒については咎《とが》が及ばぬよう手を尽くしたが、上層部の指導者たちに関してはその限りではない。

頼廉は信長との密約によって、本願寺門徒について本願寺退去後も信教の自由を保証するとの言質《げんち》を取り付けていた。

信長が本願寺に禁じたのは二点。一つは武力を持つことの禁止、もう一つは政治への介入禁止である。

信長にとっての宗教とは生活の規範であり、精神の拠り所でさえあれば良く、仏の威光を借りて信徒たちの未来を舵取りするなど不遜《ふそん》と考えていた。

「……何か動きがあれば、また参ります」

結局最後まで顕如からの応えは無かった。しかし、頼廉にとってそれは毎度のことであり、牢に向かって一礼するとその場をあとにした。

頼廉が立ち去った暫くのち、闇に閉ざされた牢内より懊悩《おうのう》を湛《たた》えた声が漏れた。

「すまぬ、頼廉。事がここに至っても、未だ肉親の情を絶つことができぬ。もっと早くに私が教如を処断しておれば……」

それ以上は言葉とならず、再び牢は静寂に呑み込まれた。


ところ変わって播磨では秀吉が手を焼いていた。播磨とは、今日でいう兵庫県の南西部に当たる。領内に姫路港などの大きな港を擁《よう》し、港湾都市を中心に経済が発達しており、それ故に多くの勢力が互いに利権を巡って争うこととなる。

鎌倉時代から朝廷や武家、仏家らが食指を伸ばしたことで戦乱に呑まれ、それがために中央政権に対して強い反骨精神を抱くに至った。

中でも有名なのが赤松氏《あかまつ》であった。彼らは、日本史上に於いて朝廷や幕府といった体制側に最も反抗した一族と言っても過言ではない。

例を挙げれば１３３３年、後に足利幕府を開き将軍となる足利尊氏《あしかがたかうじ》が京を攻めた際、鎌倉幕府の重要拠点であった六波羅探題《ろくはらたんだい》を攻め落とした。

その際に播磨国人を率いて大きな手柄を立てたのが赤松氏第四代当主の赤松則村《のりむら》（後に出家し、法名を円心《えんしん》とした）であった。

その後、建武《けんむ》政権から冷遇されたため（政争に巻き込まれたとも言われている）、尊氏の挙兵に呼応し建武政権を討ち室町幕府の成立に多大な貢献をする。

その後は足利方に与していたが、室町幕府六代将軍であり恐怖政治を指向し、苛烈な処断を繰り返して万人恐怖との異名を持つ足利義教《よしのり》を宴会の席で殺害してみせたのも赤松満祐《みつすけ》である。

このように赤松氏は政権の勢力争いに翻弄されることが多く、その為か独立独歩の気風を持ち、反骨精神も並外れて高い。

特に己の「飯の種」が奪われんとしたとき、その精神が遺憾なく発揮されることとなる。

「はっはっは。なかなかに気骨があるではないか」

そのような背景から秀吉の播磨攻略は件《くだん》の赤松氏による猛烈な反抗を受け難航していた。

秀吉の苦境をよそに、静子軍より派遣された真田昌幸率いる狙撃部隊は着実に成果を挙げていた。彼らは表向き信長の命により新兵器の実地試験をするため、秀吉軍に参加しているとされている。

戦況が思わしくないため、馬鹿正直に援軍を要請したなどと明かせば苦戦を強いられている秀吉軍の士気は崩壊してしまう。そこで信長の直命《じきめい》を受けた特殊部隊として取り扱い、遊撃的に運用することで他部隊との接点を最小限にする。

その結果、秀吉軍の大部分にとって狙撃部隊の存在は腫れものに触るような扱いとなった。更に行動を共にした部隊からは、狙撃部隊の勇猛さからかけ離れた戦いぶりに対し非難や侮蔑に近い印象を持たれるに至っている。

それもそのはず、未だに個人の武勇が尊ばれる秀吉軍に於いて、彼らの戦闘教義《ドクトリン》は異質すぎた。基本的に物陰に潜み、高所に布陣して索敵を行い、兵卒を纏めて指示を出している下士官のみを狙撃するだけでさっさと後退してしまうのだ。

直接的な交戦を可能な限り回避し、どうしても避けられない場合は敵軍の予想侵攻ルート上に罠を仕込み、足止めをした上で一方的に虐殺しつつ逃げまわるという、いくさ場の誉《ほまれ》から最もかけ離れた戦法を取る。

有体《ありてい》に言ってしまえば卑怯《ひきょう》かつ姑息《こそく》であり、秀吉軍の将兵から見ればチマチマと敵に出血を強いるのみで、決定的な戦果を挙げない臆病者として認識されるのだ。

そしてこの戦法は反骨精神に溢れる赤松氏に見事にハマった。敵の姿すら見えない中、己の軍の下士官のみが次々に討ち取られるという状況に陥れば、通常の精神力では耐え切れず兵も我先にと逃げ出すのが通常だ。

このような状況下では下士官がまず怖気づく。なぜならば下士官以外は攻撃されないのだから、部隊のまとめ役になりたがる者がいなくなるのは当然の帰結と言えた。

しかし赤松氏に限ってはこの常識が当てはまらなかった。損害が出れば出る程に遮二無二突きかかってくるのだ。まず隊長の鎧が重厚なものへと変えられた。それすらも貫通するのを見れば、外聞など捨て去って体に竹や木で作った盾を括り付けさえした。

それでも着弾の衝撃による落馬が避けられないと知ると、ついには下馬して足軽に交じり行軍してくるという形振《なりふ》り構わなさを見せた。これには流石の昌幸も驚愕し、前述の言葉が思わず口をついて出るに至った。

卑怯な戦法にも挫けず、知恵を絞って対処しながら真っすぐに向かってくる敵に対し、あくまでも交戦を避ける戦術を貫く昌幸の姿勢に、秀吉軍の将たちはわざと聞こえるように陰口を叩くにまでなった。

「大将。言われっぱなしにしておいて良いのかい？」

狙撃部隊の一人、菊《きく》が撤収準備をしながら昌幸に訊ねた。菊という名前から判るように、狙撃兵《スナイパー》というエリート中のエリート兵科でありながら彼女は女性なのだ。

さらに狙撃兵とセットで運用される観測手《スポッター》は彼女の兄である一郎《いちろう》と、妹のちさが担う。彼女たちは他の軍と比較して例外だらけの静子軍に於いてすら珍しい、兄妹が三人一組《スリーマンセル》を構成しているのだ。

尤も彼女らが従軍する理由はそれぞれに異なる。菊は敬愛する静子の為であり、兄の一郎は妹たちを飢えさせず腹一杯に食わせてやれるからであり、最年少のちさは兄姉と離れて暮らすのが嫌だという理由だ。

「別に構いやせんよ。我々は元々異物ゆえ、疎《うと》まれるのは当然だ。我らは彼らにできない狙撃という遠距離攻撃ができる、逆に彼らは寡兵の我らにはできない近接攻撃ができる。どちらが優れているという話ではなく、使い道が根本的に違う道具なのだ。魚を捌《さば》くのに鋸《のこぎり》は使わぬだろう？そういうことよ」

昌幸は、菊のともすれば横柄とも言える口調を気にした様子もなく、自身も身分差など無いかの如く気軽に応じた。

「まあ私を評価して下さるのは静子様だから、他の塵芥《ちりあくた》どもが何を言おうが構わないけどさ。それで静子様までが侮られるのは見過ごせないよ？」

「織田家という大樹の陰を共有する者同士とは言え、所詮は他軍ゆえ我らの常識は通用せんよ。まあ彼らも公の場で静子様を非難する程愚かではないと祈るとしよう」

「菊、懐に入れた帳面を出せ。やはり暗殺帳か……そう毎度ことが露見せぬとは限らぬのだから辛抱せよ」

そう言うと一郎は菊から取り上げた帳面から一枚を破り取った。そこには先ほど狙撃部隊への悪口にかこつけて、卑怯な戦いぶりは主君が女々しいからだと口にした者の特徴と所属部隊が記されていた。

一郎のやはりという言葉通り、菊がこうした報復を企むのはこれが初めてではない。夜闇に乗じた上に事故に見せかけて襲撃するため、今のところ露見していないが、彼女の手によって傷を負ったものは五指では収まらない。

「ふむ。やるなら静子様に決してご迷惑が掛からぬようにやるのだぞ？」

「あの……真田様。姉を煽らないで下さい。姉は静子様のこととなると歯止めが利きませんから……」

面白がって菊を煽った昌幸に対して、ちさから苦情が届く。彼女の言う通り、菊は静子教原理主義者と言っても過言ではない程に静子に入れ込んでおり、崇拝対象である静子に対する侮辱へは罰を以て応じる。

幸いにして今のところ死者は出ていないのだが、何か別の報復手段なりガス抜き方法を見つけねば、遠からず人死にが出ることは予想に難くない。

「冗談はさておき。意外に命中するものだな、狙撃というのは十回に一回当たれば良い方だと聞いていたのだが」

「それは、あたしが優秀だからさ。静子様直々にお褒めの言葉を賜ったほどだからね！」

年齢からすれば哀しい程に薄い胸を反らした菊が得意げに言う。

アニメや映画のそれとは異なり、現実の狙撃兵とは恐ろしく地味な仕事を繰り返す忍耐力が求められる。激昂しやすい菊には不向きに思えるが、彼女は特異な状況下で異常な集中力を発揮するという特性を持っていた。

狙撃の訓練とは狙点を定めて射撃し、次に観測を行って差異を記録するという作業の繰り返しとなる。変化に乏しい作業を延々と繰り返し、射撃ごとに環境数値や結果を事細かに記録するというのは常人には耐えがたい。

しかし、彼女は一つのことに没頭すると周囲を全く気にしなくなるほどにのめり込み易い気質を持っており、寝食を忘れる程に集中できるという得難い才能を持っていた。

ところが、彼女が持つこの性質は日常生活に於いては足かせにしかならない。特に彼女が育った農村などでは、草むしりを頼まれれば雨が降ろうが日が暮れようが黙々と草むしりのみを繰り返す菊を、機転の利かない娘だとこき下ろした。

農村のような共同体に於いては、周囲の状況に合わせて臨機応変に対応をすることが求められるが、彼女にとってそれは難しい。故に彼女は幼い頃からずっと無駄飯ぐらいの穀潰《ごくつぶ》しと呼ばれ、蔑《さげす》まれてきた。

そんな彼女を拾い上げたのが、他ならぬ静子であった。彼女のような特性を示す人々を現代では自閉症スペクトラム（ＡＳＤ）と呼び、そうした人々の存在と特徴を知っていた静子は菊が持つ天性の才能を見出した。

それは驚異的な集中力及びその持続力と、常人離れした時間・空間認識能力にあった。彼女は時計を見ずともほぼ正確に時間を把握しており、遠く離れた場所にある物体との距離を殆ど誤差なく言い当てた。

静子は彼女の才能を活かせる場所として測量部隊や狙撃部隊を紹介し、菊たち兄妹の生活は飛躍的に向上することとなる。こうした背景もあってか、菊は己をどん底から拾い上げてくれた静子へ傾倒し、今では静子と神仏は等しいとまで思っている。

「また始まったか……」

「汗が目に入るのも気にかけず訓練している姿を見て、静子様が額に巻いて下さった手拭いを未だに神棚に祀《まつ》っているしね」

耳にタコができる程に繰り返された菊の自分語りが始まり、一郎とちさはその全てを生暖かい眼差しで聞き流した。昌幸も当初は面食らっていたが、今では止まるまで放置するのが一番と流している。

「さぷれっさー……だったかな？　足満様が下さった部品は凄いけど、銃を撃ってるって感じがしなくて好きじゃないな」

菊はそう言いながら、銃口にねじ込む形で接続された部品を丁寧に取り外す。サプレッサー（減音器）とは銃口に装着することで、銃弾の発射音と閃光を軽減する装置である。

サプレッサーの原理とは、銃弾の発射時に勢いよく銃口から噴き出す燃焼ガスを分散させることにより、音を抑制するというものだ。コーラのペットボトルを勢いよく開ければプシュっと高い音がするが、ゆっくりと慎重に捻ればシューという気体が抜ける音しかしないのと同じ理屈である。

個人的な好みはさておいて、菊にとっても足満は恐ろしい存在だ。場の空気を読まないことに定評のある菊だが、足満と同じ空間に居るだけで生存本能に根差した恐怖で身がすくむ。

静子の為ならば命すら惜しまない菊だが、足満にだけは逆らう気すら起きない。彼は人を喰らう『鬼』だと言われても、すんなり納得できるとすら思っていた。

「ちゃんと実験データを記録しなよ？」

「付けたり外したりするたびに、照準を調整し直さないといけないから面倒なんだけど……続けなきゃダメかな？」

菊は己の狙撃スタイルに拘《こだわ》りがあり、いつもの手順を変更することを嫌う。

「その部品には静子様も期待しておられるそうだ」

「早く帳面を返して！　すぐに記録して次の射撃準備をしないと！」

一郎の一声で途端に態度を変える菊に、一同は苦笑するしかなかった。

昌幸が率いる狙撃部隊が現在何をやっているかと言えば、狙撃兵という兵科の単独運用及び、他の部隊と連携運用した際の実地訓練であった。

基本的に狙撃兵は戦闘の決定力になり得ない。そもそも特殊な兵装及び技術を要するため、数を揃えることができない。

この為、物量による力押しに滅法弱く、一度でも接敵を許せば逃走すら難しい。反面、敵方に対して数倍の射程距離を誇るため、効果的に運用すれば敵の士気を挫くことができる。

そして如何に訓練を積もうが、実際のいくさ場では予期しないことが常に起こり続ける。それをどのように対処するか、またどのようにして目的を達成するかを確認するのだ。

「兄さん、敵は？」

「南西の方角、距離およそ３００メートル、高低差およそマイナス30メートルだ」

兄の一郎が、視差式測距儀を用いて計測結果を伝える。

「ちさ？」

「周囲の野生動物が反応していないから、付近に人間はいないよ。まだこっちは見つかっていない」

「了解。四発撃ったら移動するから準備よろしく」

菊はそう答えると肉眼では親指ほどの大きさにしか見えない標的に向かって、立て続けに四回射撃した。

ちさが引き続き周辺を警戒し、兄の一郎が測距儀から望遠鏡に持ち替えて射撃結果を伝える。

結果は二発命中、一発が至近弾、残る一発は見当違いの方向へ飛んだのか着弾を観測できなかった。

命中率五割と言えば低く思われるかも知れないが、この時代に於ける銃というのはまずもって真っすぐ弾が飛ぶことすら稀なのだ。

目の前と言えるほどの距離まで引き付けて、数を揃えて弾幕を張ることによってようやく戦力となる。

そんな常識を嘲笑うかのように音も無く飛来する死の礫《つぶて》を受けて、味方が死んだという事実は兵たちの足を竦《すく》ませるには十分であった。

枯れ木を用いた簡易三脚から菊が銃身を外し、分解できる部品をばらすと背嚢《はいのう》にしまい込む。一郎が嵩張る荷物を纏めて担ぎ、ちさが自分達の痕跡を消せば移動が始まる。

「しかし、真田様も容赦がないね。隊長格を粗方潰したところで、次は『目』を奪えだもん」

体力のある一郎が先頭を務め、直後に身軽なちさが控えて進路を指示する。最後尾の菊は二人の通った跡を着いてゆけば良い。

事前の調査で見つけておいた次の狙撃地点まで、皆が黙々と進むなか、不意に菊が言葉を前方に投げ掛けた。

「斥候《せっこう》や先導役、物見なんかを先に潰してしまえば、奴らの進軍速度はがくんと落ちるからな」

昌幸はそれぞれの狙撃隊を回って指示を出しており、既にここには居ないのだが、彼が菊たちに命じた内容が前述のものだった。

敵の武将は己の命令を中継する下士官を失い、次いで敵を探すための目を失った。流石に赤松軍の武将といえど、この状況になれば撤退せざるを得ない。

見えない敵の襲撃に備えて密集形態をとると、兵を纏めて引き返していく。狙撃手たちが敵の武将を狙わないのには理由があった。

秀吉の要請を受けて派遣された狙撃部隊が次々と敵将を討ち取るという華々しい戦果を挙げてしまえば、秀吉たちの面子は丸つぶれになってしまうからだ。

「味方同士で手柄争いをしてどうしようってんだろうね？」

「手柄を競わせる方が簡単に士気を上げられるからだろう。むしろそんなことをせずとも士気を保てる静子様が傑出しておられるだけだ」

「無駄話はそろそろ終わって。もう着くよ」

三人は予定の狙撃地点に到着すると、一郎とちさが周辺を警戒しながら敵の痕跡が無いかを確認して回る。安全を確保できた段階で菊が狙撃ポイントを決め、その周辺に荷物を下ろすと再び銃を組み立てる。

特に示し合わせた訳でもないのに、三人ともが己の役割を理解しており、寸刻の遅滞なく狙撃の準備が整っていった。

「よし配置についた、指示をよろしく」

銃身に金属ガイドで連結された銃弾を込めると、菊は射撃体勢を取った。

五月に入って以来、信長の機嫌は悪化の一途を辿っていた。彼は苛立ちを隠そうともせず、ただ黙して眉間に皺《しわ》を寄せていた。

むっつりと黙り込んだ信長のご機嫌を取ろうとする者はいない。たとえそれが濃姫であろうとも、信長の機嫌を回復させることは叶わないと皆が理解していた。

「……」

信長の苛立ちの原因は、彼が手にした文にあった。それは静子より届けられた『暇乞い（現代で言うところの休暇願）』の文だった。

その内容とはヴィットマンに続いて、番《つが》いのバルティも体調を崩し、二頭に残された時間は少ない。

最初期から自分に寄り添ってくれていた忠臣の最期に、できるだけ傍にいてやりたい為、暫く仕事を休ませて欲しいというものだ。

信長は静子の暇乞いに対しては立腹していなかった。むしろ『やっと休む気になったか』と安堵したほどだ。では、何を苛立っているのかと問えば、己の不明を恥じていたのである。

（つくづく己が情けない。静子が暇乞いを願う前に、あ奴の窮状を察してやれぬとは……）

思い返せば静子を拾って十年が経つ。今まで様々な無理難題を押し付けてきたが、静子は公私ともに自分を支えてくれていた。

もし『静子を拾っておらねば、今日の自分はあったのか』と自問すれば、即座に否と断言できるだろう。

何かの巡り合わせで天下人に手が届くという処まで来たとしても、今ほど盤石な体制は築き得なかったであろうことは想像に難くない。

中でも一番の転機は、武田信玄の西上作戦を阻んだ時であろう。誰もが勝てるはずがないと口にした。

信長自身ですら、自軍の勝利を三割と見積もっていたほどだ。それほどまでに信玄の率いる武田軍とは強かった。

(たった一日のいくさが、わしの立場を変えた)

三方ヶ原の戦い直前までは『織田の天下もこれまでよ』と自分を見限って離れていくものが多かった。

そして明けて翌日となり、三方ヶ原の戦いの行方が知らされた途端に掌を返すものが続出したのだ。あの日を境に潮目がはっきりと変わった。

それほどの大事を成し遂げた最大の功労者だというのに、静子だけはいくさの前後で全く変わったところが無かった。

『ただいま戻りました』

まるで気負った処がなく、昼餉の準備ができたとでも告げるかのような気軽さで、帰参の挨拶を述べたのだ。
信長はその時初めて静子が恐ろしいと感じた。静子は時として自分より遥か遠くを見据えているると思わせることがある。

静子にとって三方ヶ原の戦いとは、イチかバチかの運命を掛けた決戦ではなく、今日と地続きの明日へ辿り着く日常の延長でしかなかったのだ。

そんな静子が今、明らかに弱みを見せていた。信長は静子の置かれた状況を知ろうとしなかった己を恥じるとともに、妙な話だが人間らしい感情を己に吐露してくれたことを嬉しくも思っていた。

「ただの獣とは言えぬ。いつ如何なる時も静子に寄り添った最初の友だからな」

信長は、かの狼に対して静子が寄せる心情は、肉親のそれに等しいと感じていた。滅多に望みを口にしない静子の願いだ、信長としては万難を排してでも叶えるつもりであった。

「今となっては、わしにできることなどそうありはせぬ。せめて静子が些事に囚われぬよう、手を尽くしてやるのが主君の務めか……」

そう口にすると信長は右筆《ゆうひつ》を呼び、いくつかの書状を仕上げて各所へと届けさせた。

せめて静子が心穏やかに過ごせるよう配慮し、先回りして静子に厄介ごとを持ち込みそうな輩を牽制する。

「ふっ」

そこまで気を回している自分に気付いて信長は吹き出した。彼の苛烈な人生に於いて、こうまで相手を思いやったことなど片手で数えるほどしかない。

天下人と持て囃される自分が、娘と言っても過言ではない程に歳の離れた静子に振り回されている様がおかしかった。

(十年以上の付き合いだが、いつも奴には驚かされる)

人を人とも思わぬ鬼のようだと形容される自分に、こんな一面があったとは新鮮な驚きであった。

戦国時代に於いては、他人を信じすぎれば命取りとなる。たとえ血の繋がった肉親であろうとも、野心の為に骨肉の争いとなることも珍しくない。

(だが静子だけは違う。奴を見ていると常に裏切りに備える自分が間抜けに思える)

最初は物珍しさから拾った使い捨ての駒であった。その駒は次々と難題を乗り越え、己の価値を示した上で、更なる見果てぬ世界を教えてくれた。

媚び諂《へつら》いをしないため、時としてぶつかる時もあるが、静子は常に正直であり続けた。一見信長の意見に反しているように見えても、常に信長の利となるよう動いてくれた。

「思えば、あ奴がわしに欲したものは妙なものばかりじゃな。畑を耕す人手に始まり、南蛮や明で栽培されている作物の種やら、見たこともないような獣やら。そのうち寺社や公家の落書きを集め出した時は、流石に気が触れたかとも思うたが、今となっては懐かしい……そして今度は休みが欲しいとはな、ほとほと静子には振り回される定めと見える」

言葉とは裏腹に、信長の表情に直前の不機嫌さはなく、楽しげな表情さえ浮かべていた。

千五百七十六年 六月上旬 一

時は少し遡り、五月中旬頃。肺炎と思われる症状で療養していたヴィットマンの容体は、静子の献身的な看護の甲斐あってか回復を見せた。

危険な状態を脱したとは言え、病気によって失われた体力は老齢のヴィットマンだと容易には戻らない。

「眠っている時間の方が長くなっちゃったね……」

静子は眠ったままのヴィットマンを優しく撫でる。手のひらを通して伝わる体温が生命を感じさせてくれる反面、表皮にハリが無くなり薄くなった肉を通して骨の存在を感じ取れてしまうのだ。

在りし日のヴィットマンは、たとえ眠っていても静子が近づくと足音に反応して飛び起き、走り寄ってきたものだが既にそのような活力は失われて久しい。

静子としてもこのまま眠らせてあげたいのだが、心を鬼にしてヴィットマンの体を揺さぶって彼を起こした。このまま寝たきりになってしまえば、足が萎えてしまい二度と歩けなくなるとみつおから聞いたためだ。

意識を取り戻したヴィットマンは目ではなく、匂いで静子を感じ取ってそちらに頭を向けた。そして生まれたての小鹿のように震える足で立ち上がると、彼女の方へとゆっくりと歩む。

「ゆっくりね。ゆっくりでいいからね」

少し進んでは休むということを繰り返しながら、納屋《なや》から出て付近を散歩する。かつては一息で駆けられた距離が、やたらと長く感じられた。

それでもヴィットマンのリハビリは続けなくてはならない。何故なら己の最期を悟ったヴィットマンが、頻繁に山を眺めるようになったからだ。己の死地を山に定めたのだろう、静子としては最後の願いを叶えてやりたいと思った。

春から夏にかけてという、新緑が芽吹き、日々その成長を目にできるという生命力溢れる季節に反して、静子たちの足取りは重い。

老いたものが去り、新しい命が台頭するという自然における世代交代の摂理なのだが、我が儘と言われようが受け入れがたいのだ。

「今日も暑くなりそうだ、そろそろ戻ろうか？」

四半刻（三十分）という時間で進めるだけ進み、そこで休憩と水分補給をしてから同じ時間を掛けて引き返す。

この一連の散歩が静子とヴィットマンの日課に加わって以来、徐々にヴィットマンの身体機能は回復を見せている。

元々並外れた巨軀を誇っていたヴィットマンだけに、自身の骨格が持つ重量が回復を妨げているのは明らかだった。

短い散歩を終えたヴィットマンはこの後、一日の殆どを寝て過ごすことになる。これに伴ってヴィットマンが、睡眠中に粗相《そそう》をすることが増えた。

便意をコントロールすることが難しい程に彼が老いたのだという事実を突きつけられることになり、静子は胸を締め付けられる思いがした。

それでも、静子はヴィットマンが少しでも快適に過ごせるよう定期的な清掃を欠かさないよう配慮している。

「がんばったね。お疲れ様」

そう声を掛けつつ静子はヴィットマンの毛並みを撫でる。そうしながら静子はヴィットマンの寝床から少し離れた場所でうずくまるバルティへと目をやった。

ヴィットマンの番いであるバルティも、ヴィットマンとの接触が一番長かった為か、少し遅れて同様の症状が発症したのだ。

ヴィットマンよりも体力があったことや、集団感染を疑って定期的に観察していたため異常の早期発見と早期対応に繋がった。

バルティの容体はヴィットマンに比べてはるかに軽症だったが、それでも体力の消耗と衰弱は避けられず、こうして同じ納屋で寝起きをさせている。

ヴィットマンとバルティは、静子を初期から支えてくれた家族だ。その二頭共に死の気配が忍び寄ってきていることに静子は恐怖した。

静子はバルティの傍にしゃがむと、彼女の体に手を触れようとしたが、結局触れることができず力なく手を下ろした。

愚かな行いだと理解しつつも、触ることで否応なく突き付けられるバルティの老いを知るのが怖かったのだ。

「ごめんね」

謝罪の言葉を口にしながら、知る勇気を持てない己の弱さを痛感していた。

人物に対する評価とは、評価する側の立場によって異なる。自領の領民たちや配下から慕われている静子も、処変わって織田家に敵対する側から見れば怨敵となる。

そして信長や静子が推し進める経済政策によって勢力を伸ばすものがいれば、当然その分の割を食って凋落《ちょうらく》するものが現れる。

これは誰かが得をすれば、その陰で誰かが損をしているという経済の本質であるため誰であろうと回避し得ない原則だ。

変化に対応できないものは淘汰《とうた》されるという適者生存の原則なのだが、敗者の立場に追い込まれたものは往々にして変化を生み出したものへ恨みを抱く。

そうした者から見れば静子は秩序の破壊者であり、怨敵とは言わないまでも打倒すべき暴君に映る。万人に好かれることなど不可能であり、その辺りについては静子も覚悟しているため何も言わない。

ただし、それは内心の自由で済む範疇に留まっている限りという条件が伴う。具体的な行動に移した瞬間、それは処罰の対象となる。

「ちょいと邪魔するぜ。よし、揃ってるな。死ね」

とある木賃宿に泊っている牢人の一人を、長可は部屋に踏み込むなり打ち据えた。牢人たちにとって闖入《ちんにゅう》者である長可は、まるで挨拶をするかのような気軽さで金棒を振るった。

牢人たちが長可を敵だと認識する前に、一人目の牢人の頸椎を砕いて床にめり込んだ金棒が振りあげられ、二人目の頭部を柘榴《ざくろ》のように弾けさせた。

室内に四人いた牢人のうち、二人が瞬く間に惨殺されたところでようやく残る二人が己の得物を摑んだ。しかし、刀を抜けたのは一人のみであり、もう一人は立ち上がる前に長可が振り上げた勢いのまま放り投げた金棒に腹部を貫かれて壁に磔《はりつけ》となった。

「き、貴様！　何処の手の者だ⁉」

最後の一人が抜きはらった刀を構えて叫ぶが、勢いよく踏み込んだ長可は鋼鉄製の籠手を振るって牢人の刀を握る手を殴りつけた。

その結果、握り込んだ刀の柄と籠手に挟まれた牢人の指は砕け、取り落した刀を長可に奪われてしまう。

「相手が無手なら勝てるとでも思ったのか？　こんな数打ちの安物で、俺を斬ろうとは思い上がったもんだ」

牢人が砕けた己の手から発する激痛で絶叫しようと口を開いた瞬間、いつの間にか背後に回り込んでいた長可が縄でできた猿轡《さるぐつわ》を嚙ませる。

「騒ぐな。気乗りはしないが、お前に聞きたいことがある人がいるんだ。判ったら頷け、それ以外は何をしても殺す」

明らかに不機嫌な様子を隠そうともしない長可が牢人に声をかける。激痛と死の恐怖とで涙と鼻水を垂れ流しつつも、牢人は必死に首を縦に振った。

すっかり従順になった牢人をつまらなそうに見やりながら、長可は外に控えていた兵士へと声を掛けた。

兵士は牢人に縄を打つと、腰縄を摑んでどこかへと連行していく。室内に残されたのは物言わぬ三つの骸《むくろ》と、それの生産者である長可だけとなった。

長可が壁に磔になっている牢人から金棒を引き抜こうとすると、死体の懐から防水の為か油紙で包まれた物体が滑り落ちた。

長可が乱暴に油紙を破ると、中から四つ折りにされた大判の紙が出てくる。血にまみれた鋼籠手を外して、内容を検めるとそれは連判状《れんぱんじょう》であった。

連判状とは目的を同じくする人々が、誓約のしるしとして名前を書き連ねたものであり、裏切りを防止するための担保でもあった。

「くそっ！　こいつが首謀者だったのかよ。おーい！　こいつも持って行ってくれ」

重要書類である連判状を所持していたということは、この牢人こそが襲撃部隊のリーダーであり、彼らを雇った黒幕へと繋がる人物だった。

連判状に黒幕の名前があることを願いながらも、長可は苛立ちから行動が雑になっていることに気が付いた。実際長可の技量があれば、最初の二人はともかく残りの二人を生け捕りにすることは容易い。

しかし、結果はご覧の通り。暴れる自分の感情を制御できず、必要がないものまで殺めてしまっていた。

「ちっ！　イライラするぜ」

長可の苛立ちは静子に起因していた。静子との間に確執ができたという訳ではない、むしろその逆である。

つまりは静子の苦境に対して自分を頼って貰えないことと、実際に何の力にもなれないことに対する苛立ちを持て余していた。

「くそったれ！　静子が弱っているときこそ力になってやりたいってのに、こんなことでしか役に立てない自分が恨めしい……」

長可が思わず零した愚痴は、誰の耳にも届くことなく消えていった。

長可が己の無力感に苛《さいな》まれている頃、信長へ暇乞いをして以降すっかり姿を見せなくなっていた静子から呼び出しがあった。

口では急な呼び出しに対する不平を漏らしながらも、長可は足取りも軽快に静子邸へと向かっていた。途中で慶次と合流し、彼と軽口を叩き合いながら座敷に入る。

定刻よりも早いにもかかわらず、静子を除く全員が揃っていた。いつもなら静子自身が真っ先に入室して皆の到着を待っているため、何か不測の事態が起こっているのだと知れた。

結局静子の到着は予定時刻の直前となった。皆に遅参を詫びながら上座に座る静子の顔色は明らかに悪く、傍らに普段は同席しない彩と蕭を伴っていることが皆の不安を掻き立てる。

憔悴《しょうすい》した様子の静子に足満が真っ先に声をかけたが、「大丈夫」とだけしか答えないためそれ以上は誰も踏み込めずにいた。

「皆、急に呼び出してごめんね。今日は皆にお願いがあって集まって貰ったんだ。これは公人としての命令じゃなく、私人としてのお願いだから拒否して貰っても構わない。ただ、私だけじゃどうにもできないから皆の力を貸して欲しい」

「水くさいことを言うな。お前が望むのならば、何を差し置いてでも叶えてやる。さっさと願いを言え」

静子の前口上を受けて足満が応える。彼の言葉はこの場に居合わせた者たちの総意でもあった。乱暴にも聞こえる足満の言葉に裏打ちされた不器用な優しさに、静子は少し表情を和らげた。

そしておずおずと己の願いを口にする。

それはヴィットマンが己の死地と定めたであろう山を禁足地にしたいというものだった。そう遠くない未来、ヴィットマンは静子の許を去って山へと還る。

ヴィットマンの終《つい》の棲家であり、墓標ともなる山を踏み荒らされたくないというだけの、完全に静子の私情に端を発した我が儘だ。

無論、山というものは付近住民たちにとっての共有財産であり、生きる糧を与えてくれる掛け替えのないものだ。永久に禁足地になどできようはずもなく、期限を定める必要がある。

静子はその期間をヴィットマンが自分の許を去ってから、その亡骸《なきがら》が自然に還るまでの時間として一年と定めた。

禁が明けた後は山を開放するが、山頂に狼を祀る神社を建立《こんりゅう》したいと言うのだ。

ここまで言われれば、集まった面々は静子が己に何を期待しているかを察することができた。

山が人々に齎す恵は莫大だが、一年間に限ってしまえば静子の私財で十分に贖うことができる。

ではなぜ静子がそれをしないかは明白だ。権力者が私情によって共有財産を独占し、皆に不便を強いるとなれば禁が明けた後に建立される神社や山に対して、どのような感情を抱くかは火を見るよりも明らかだ。

ことは生活の補償だけに限った問題ではない。皆が納得するだけの理由を示し、既得権益者たちの利害関係を調整したり、前例のない話だけに不測の事態に対して備えたりといったことが必要になってくる。

領主と領民は親子関係にたとえられることがあるが、今回静子がしようとしていることは親が子の茶碗から飯を奪い取るに等しいのだ。無理を押して道理を引っ込めるための腕っぷしも必要となる。

「なんだよ、俺向きの仕事があるじゃねえか！　もっと早く言えよ」

真っ先に長可が軽口を叩いた。自分の我が儘で皆に嫌な役を押し付けると心苦しく思っていた静子は、嬉々として請け負った長可に驚いた。

「難しく考えすぎなんだよ。お前はこうしたいって言えばいいんだ。それをどうにかするのが俺たちの仕事だ」

「そうだな、勝蔵にしては良いことを言う」

「おい！ 俺にしては、ってどういうことだよ」

才蔵の突っ込みに長可が反論するが、才蔵は怪訝《けげん》そうに彼を見つめ返す。

「己の普段の行いを思い返せば、自ずと判りそうなものだが……」

「判らないから聞いてるんだよ！」

「自覚すらなかったのか……」

ため息を吐く才蔵に、長可は首を傾げる。本気で分かっていない長可の様子に周囲の者も思わず苦笑を漏らした。

「勝蔵様の言うとおりです。我々は静子様の望みを叶えるためにここに集ったのです」

「静子様の望みを叶えるために働けることこそ、我らの誉れとなりましょう」

「そうそう、静っちはもっと俺たちを頼ることを覚えな」

「慶次の言う通りだ。わしらは等しくお前に感謝しておる。お前の為になるのなら、我らは力を惜しみはせぬ」

皆の温かい言葉に思わず涙ぐむ静子だが、今は涙を流している場合ではない。皆の心意気を無駄にしないためにも、為すべきことがあった。

「じゃあ改めて皆にお願いします。私の家族であるヴィットマンが安らかに逝けるよう、私の我が儘であの山を一年閉鎖したい。その為に必要な全てを片付けるのに、皆の力を貸して下さい」

静子は衒《てら》いのない己の本心を告げ、力を貸してほしいと願った。

それに対する皆の答えは、集った人数からは想像できない程の大音声で返された。

彼らの表情には、ようやく静子が自分を頼ってくれたことに対する喜びすらあった。

今こそ静子から受けた恩を返す時だと、誰もが奮起していた。

普段の静子から任される仕事ならば、ある程度の段取りや作業手順などが添えられている。しかし、今回は私的な依頼であるため、そういったものが一切なかった。

それほどまでに静子に余裕がないというのもあるが、今回に限っては目的だけ告げる丸投げ方式というのも都合がよかった。なぜなら普通に作業を進める際には指針となる段取りが、各自が己の能力を最大限に発揮するためには少々窮屈となるからだ。

「今後、静子様への取り次ぎ依頼は全て『上様』を通すようにします」

蕭は彩と相談した上で信長に嘆願書を提出し、弱っている静子に取り入ろうと贈り物や面会を求めてやってくる有象無象をシャットアウトして貰えるように願った。

目上の者を窓口にするという通常ならば礼を欠いた願いだが、信長はこれを快諾した上で取り次ぎを求めてきた者たちの一覧を要求した。

静子の地位が高まるにつれ、彼女に取り入ろうと企てる輩の身分も高くなった。いくら蕭が前田利家の娘とは言え、所詮は何の権限も持たない娘であり、相手の体面を潰さないよう丁重に断るのに苦慮していたのだ。

「さて、わしは静子が心置きなく休養できるよう取り計らえと皆に伝えたはずだが、わざわざあ奴の領地にまで押しかけて面会を求めんとした輩がおるらしい」

急遽信長から呼びつけられて戦々恐々としている諸侯を前にして、彼は蕭から受け取った書類を手でもてあそびつつ、世間話でもするかのように口を開いた。

信長は感情を露わにしているときよりも、静かに糾弾《きゅうだん》してくるときの方が恐ろしい。恐らく手にしている書状によって証拠を摑んでいるが、ここまでのことは不問にするとした上で問いかけているのだ。

すなわち「自分の決定に従えないのならば、誰であろうが処断する」という無言の圧力が場を重くしていた。

「まさかここに集った皆の中に、そのような愚か者は居らぬとは思うが、配下が勝手をするかも知れぬゆえ今一度重ねて命じる。休養中の静子に対する干渉は許さぬ、たとえ手の者が勝手にしたことだとしても連座に処すゆえ心せよ」

信長の宣言は織田領内だけにとどまらず、あっという間に日ノ本中を駆け巡った。その噂に京の公家たちや豪商なども震え上がり、国人たちも配下に対して引き締めを行うに至った。

それもそのはず、この話は信長、近衛前久、足満の三人によってあらゆる手段を講じて広められたからだ。火中の栗を拾うにしても、己が焼け死ぬほどの火勢に腕を突っ込める剛の者はいない。

彼らの尽力もあって静子邸は久しぶりの静けさが満ち、家人たちが十全に働ける環境を取り戻した。

「閉山による影響を書類上で確認するのと並行で、現地に人を派遣して数値として上がってこない人々の生活に対する影響を調査します」

静子の金庫番である彩は、過去分の納税記録を検めることで補償に必要な予算の概算を算出していた。

それと並行して現地の住民たちが普段から山菜取りや、焚き付けの落ち葉等を集めるといった書類上に出てこない影響を調べるよう取り計らった。

こういった生活に大きな変化を齎す施策については、発布前の段取りが重要となる。

いくら不利益を被《こうむ》った分を補てんすると言っても、有力者の口約束だけで唯々《いい》諾々《だくだく》と従う者ばかりではない。

そういった者たちへは地元の有力者である名主や、取りまとめ役などを通して言い聞かせて貰った。

それでも納得しない跳ねっ返りについては、腕っぷしという判り易い共通言語によって説得に当たる予定だった。

しかし、大多数の領民は静子に好意的であり積極的に協力を申し出てくれた。更には長可の悪名が悪い意味で鳴り響いていたため、敢えて藪をつついて蛇を出そうという馬鹿もいなかった。

「思った以上に影響範囲を抑えられそうですね」

「実施前の段階ではね。実際に禁足令が発布されれば予期しない不都合が生じると予想されます。とにかく衣食住及び医療に関する致命的な不都合が出ないよう準備をします。取り越し苦労ならば良いのです、実際に問題が起きる前に出来得る限り備えますよ」

「はい！」

彩が陣頭に立って調査した限りでは、かの山で一番大きな財源となっているのは林業であり、次点で猟師たちが鳥獣を狩猟することによって生産される皮革や羽毛、獣肉といった資源だ。

幸いにして山を通るような街道は存在せず、流通が妨げられるようなことはないと判った。しかし、これは休業補償に関する費用だけであり、他にも必要となる費用がある。

それは山への立ち入りを禁ずれば、当然山中は人目につくことがなくなるため、世間様に顔向けできないならず者どもの格好の隠れ家になり得る。

そういった治安の悪化を防止するためにも、山への立ち入りを監視する施設とそのための人員を手配する必要があるのだ。

彼女達は今までの経験から、発生し得るトラブルを未然に防ぐ手立てを講じつつ、予算案を詰めていった。


皆を集めた日以降、静子は一日の殆どをヴィットマンが寝起きする納屋で過ごすようになった。しかし、彩や蕭及び慶次達に関しても誰一人として不満を抱くことは無かった。静子が心安らかにヴィットマン達と過ごせる時間こそが彼らの成果であったからだ。

「空が青いね」

良く晴れた昼下がりに、縁側から見上げる青空は何処までも青く澄んでいた。目を閉じれば初夏独特の草の匂いを含んだ風が頬を撫でる。

本邸から離れた位置にある納屋の付近は決して不快ではない静けさに満ちていた。静子はヴィットマン、バルティと共にゆったりと流れる時間を過ごしている。

しかし、同時に見えない位置から自分を警護してくれている兵たちの存在があることも理解していた。彼らの不断の努力によってこの静寂は守られている。

本音を言えば、自分と狼たちだけにして欲しいのだが、それを望むには静子は重要人物となり過ぎていた。

そのことに対して不満はないが、老いた狼たちとの日々は自由だった昔を思い出してしまい、郷愁に胸を締め付けられた。

「ああ、また益体《やくたい》もないことを考えちゃう……どうしてもお前たちが元気だった頃が思い出されるんだ……」

静子の脳裏にはあり得ない仮定の世界が広がっていた。そこでは全ての重責を放り出し、一個人となった静子と元気に駆け回る狼たちがいた。

いくら妄想しようとも過ぎてしまった時間は戻らない。時間を掛けて作り上げた人事なものを放り投げることもできそうにない。

それでも空想の世界に意識が向かうのは、決して避けることのできない哀惜《あいせき》の刻《とき》が迫っているのを感じてしまうからだろう。

（一日が短い。何もできないまま、また一日が経ってしまう）

気が付けば日暮れ時となっており、冷やされた空気に乗って虫の音が聞こえてくる。

何も為さず、ただヴィットマン達に寄り添って過ごす無為な日々が、静子の精神を次第に落ち着かせてくれた。

諦観とは異なり、身近なものの死をありのままに受け入れる境地へと静子は至りつつあった。

（思えばいつも慌ただしく駆け抜けてきたんだなあ。こんなにゆっくりとした時間はいつぶりだろう？）

戦国の世に迷い込んで以来、いつもヴィットマンは傍にいてくれた。それがどれほど自分の心を支えてくれていたかに気が付いた。

「子供が生まれたら『犬』を飼いなさい。子供が赤ん坊の時、子供の良き『守り手』となるでしょう。子供が幼年期の時、子供の良き『遊び相手』となるでしょう。子供が少年期の時、子供の良き『理解者』となるでしょう。そして子供が青年になった時、自らの死を以て子供に『命の尊さ』を教えるでしょう」

昔、友人が教えてくれたイギリスの諺をふいに思い出した。あの時は上手いことを言うもんだなぐらいの感想しかなかったのだが、今となってはその時を思うだけで胸が張り裂けそうになる。

「それでも、ヴィットマンに出会えてよかった」

ヴィットマンとバルティが眠る納屋で、夕暮れを見ながら静子は呟いた。

『その日』がいつになるかは解らなかったが、静子は今なら彼らを送り出してやれるという確信があった。

だからだろうか、『その日』は突然訪れた。

千五百七十六年 六月上旬 二

虫の声すら絶えた夜半。静子は手の甲を撫でる風の冷たさに目を覚ました。

静子は家臣の皆に協力を願って以来、二頭と同じ納屋に寝具を持ち込み共に生活をしていたのだが、その日は何かが違っていた。

室内に差し込む月明かりを頼りに周囲を確認すると、ヴィットマンとバルティの寝床が空になっていた。

そもそも明り取りの突き出し窓が閉じられているため、月明かりが差し込むこと自体がおかしい。

光源を辿《たど》ると、やはり納屋の入り口が開け放たれたままになっており、そこから青みがかった月の光が差し込んでいる。

風を感じた手の甲を月明かりに向けると、わずかに濡れた痕跡が確認できた。二頭が別れの挨拶をしていったのだろう。

「とうとう逝っちゃうんだね……」

この日がいずれ訪れることは覚悟していた。しかし、もぬけの殻となった寝床を目の当たりにすると寂しさが胸に込み上げてくる。

頬を流れる熱いものを感じ、静子は己が滂沱《ぼうだ》と涙を流していることに気が付いた。乱暴に袖で涙を拭うが、後から後から溢れてくる涙は止まってくれなかった。

もはや彼らとの別離《わかれ》は避け得ないが、見送ることぐらいはできるはずだと彼女は身を起こして駆けだした。

初夏とは言え夜の空気は冷たい。静子が月明かりの世界へ踏み出すと、横手から彼女に上着を掛ける者がいた。

「足満おじさん……どうしてここに？」

「その様な薄着では風邪を引くぞ？　なに、二心無くお前に仕えてくれた忠臣の門出《かどで》だ。見送りが居ても罰は当たらぬだろう。それに我らだけではないぞ？」

そう言って足満が指さす先を見ると、母屋の縁側に慶次と兼続《かねつぐ》の姿が見え、さらに奥には四六も居るようだった。

静子は足満に付き添われて屋敷の正門まで進むと、普段は閉ざされている門が開いており、門衛が最小限の燈明だけを点《とも》して左右に控えていた。

黙したまま礼をしてくる門衛に会釈を返し、二人は門の外へと歩みを進めた。月明かりだけが闇を照らす中、二頭の狼が寄り添うように歩んでゆく姿が見えた。

徐々に小さくなってゆく後ろ姿に、静子は思わず駆けだしそうになる自分を抑えるので精一杯だった。

「笑って見送ってやってくれ静子。今生《こんじょう》の別れではあるが、あ奴らは見事に務めを果たし終えたのだ。老いさらばえ、無様な骸を晒すのを良しとせぬ奴らの矜持《きょうじ》を認めてやるのが主《あるじ》の務めだ」

溢れる涙と荒れ狂う感情を落ち着かせるため、静子は自分の両頬を思い切り平手で打った。静寂が支配する蒼白い世界に、柏手を打つような音が盛大に響いたが、痛みのお陰か涙も止まり腹が据わった。

「ありがとう、足満おじさん。泣くのはいつでもできるけど、見送れるのは今しかない」

悲嘆にくれて泣き送るのではなく、彼らの献身と忠義に感謝を示し、いずれ自分も向かう先への門出を笑顔で見送ることこそが飼い主としての最後の務めだろう。

そうして静子が覚悟を決めて遠ざかる姿を見送っていると、実に多くの者たちが同様に山へと去っていく二頭を見送っていることに気が付いた。

不急不要の夜間外出が禁じられた民たちは、それぞれの家で玄関口に座り込んで両手を合わせ拝みながら、二頭の姿を見送っている。

民たちにとっても、静子の傍らに付き従い、民たちにとって良き領主である彼女を守る狼達は、いつしか獣ではなく信仰の対象とすらなっていた。

「ヴィットマン、バルティ。貴方達の生き様を認め、感謝してくれる人達がこんなにもいるよ。私は貴方達の主人であれたことを嬉しく思う」

皆に見送られながら遠ざかる影は、開かれたままとなっている山へと続く外門を潜って見えなくなった。

張り詰めていた糸が切れたかのように、その場に座り込んだ静子へ夜の静寂《しじま》を切り裂いて届く声があった。

「アオォォォォーン」

視力は衰えたものの、彼らの鋭敏な嗅覚は見送りにきていた静子の存在を感じ取っていたのだろう。

別れを惜しみつつも自由にさせてくれた主人へ、少ない体力を振り絞って最後の挨拶を告げたのだ。

たった一度切りの遠吠えだったが、静子はそれでもヴィットマンとバルティとの間に確かに存在した絆の証を感じ取れた。

別れの儀式は終わったのだ。遠吠えを最後に物音は絶え、二頭は闇に聳《そび》える山の中へと消えて行った。

母屋の縁側では慶次が黙って盃を傾けていた。普段は饒舌《じょうぜつ》な慶次が一言も発することなく、ただ月を見上げながら盃を重ねる。

彼の左側には兼続が座り、同様に穏やかな表情で酒を舐めるようにして飲んでいた。同席している四六は、二人と異なり落ち着かない様子でそわそわしている。

「……これで良かったのでしょうか？」

意を決した四六が慶次に訊ねる。四六の質問は、ヴィットマンとバルティが屋敷から去るのをただ黙って見送ったことについてだった。

縁側から遠ざかる背中を見送る慶次は、その背に向けて「達者でな」とだけ声を掛け、兼続は「いずれ我らも向かう。またな」と告げて盃を呷《あお》った。

大人二人の反応を見て混乱を来たした四六だが、二頭が姿を消す意味を教えられていた彼は、去り行く彼らに深く頭を下げた。

それだけが全てだった。慶次と兼続は去り行く二頭のことを静子に知らせることすらせず、ただ縁側に留まって酒杯を乾《ほ》している。

四六にはそれが良いことなのか判らず、何かしてやれるのではないかという思いが彼を落ち着かなくさせていた。

「あいつらはとうに覚悟を決めている。余計な手助けは奴らの覚悟に泥を塗ることになる。信じて送り出してやるのが礼儀ってもんだ」

「然様。彼らは見事役目を果たした。不慮の別れではない、覚悟の別れだ。同情や憐れみは失礼となろう」

ネグレクトを受けつつ大きくなり、静子邸での厚遇によって人らしい感情を取り戻しつつある四六としては、手を差し伸べないでいることが良いことだとは到底思えなかった。

しかし、自分が信頼を寄せる慶次の寂寥感を帯びた目を見てしまうと、それ以上言葉を重ねることができずに押し黙ってしまった。

納得できずにいる四六の姿を二人の大人はただ黙って見守っていた。

この世は常に不条理に満ちている。それとどう向き合い、折り合いをつけていくのかということこそが成長となる。

それを己の経験を通じて知る二人は、四六の葛藤を馬鹿にすること無く、また解ったような答えを押し付けることなく、彼が消化して自分なりの答えを出せるのを待っている。

やがて四六は大きく息を吐きだすと、二人に向かって声をかけた。

「やはり考えても判りませぬ。恐らくは理屈ではなく、感じて納得する類《たぐい》のものなのでしょう。私では未だその境地には至れません」

ようようそれだけ告げ終えた四六に対して、慶次は少量だけ酒を注いだ盃を差し出した。

「判らないってのが今のお前さんの答えなのさ。答えってのは積み重ねた時によって変わるもんだ。今のお前さんは判らずとも、未来のお前さんは違う答えを出すかも知れん。ただ湿っぽい別れを奴らは望まないだろうから、これを飲んであいつらを送ってやってくれ」

「……明日は学校を休むことになるかも知れません。万一に備えて甘い物を用意しておきます」

「あん？」

普段酒を呑まない四六が、二日酔いから学校を休むかもしれないというのは理解できたが、甘い物を用意せねばならないという理屈が判らない。

訝《いぶか》しむ二人に向かって、四六が口を開いた。

「義母上《ははうえ》が仰っていたのです。二日酔いを避けたいのなら、糖分と水分を補給しておくのが最も手軽で効果的だと」

酒に含まれるアルコールが体内に入ると、各所で吸収されたアルコールの大部分を肝臓が分解する。細かい理屈は省くが、アルコールの分解過程で生成される物質によって糖新生（ブドウ糖の生産）が抑制されてしまう。

つまりアルコールを多く摂取すると自然と低血糖状態となり、外部から糖分を摂取させるよう脳が命令を下して空腹を感じるようになる。

お酒を呑んだ後の『締め』としてラーメンが人気なのもこのためである。炭水化物である麺よりも、分解吸収が早い甘い物が適しているため、ブドウ糖が主成分であるラムネ菓子等は最適解とも言える。

因みにこれらの欲求を無視して糖分補給を怠ると、起床時に血糖値が低下しているため頭痛や倦怠感《けんたい》といった二日酔いの症状が出る。

誤解のないよう断っておくと、飲酒後に大量の糖分を補給したとしても飲酒が無かったことにはならないし、酒量や個人のアルコール分解能によって二日酔いを確実に回避できるという保証もない。

まして『迎え酒』と嘯いて、二日酔い状態にもかかわらず更に酒を呑むのは危険な行為である。何故なら酒に含まれる糖分によって一時的に症状は改善するが、そのアルコールを分解するために更に大量の糖や水分が消費されるため、後になってより深刻な症状を招くことになりかねない。

飲酒後の甘い物は、二日酔いを予防するための効果が比較的高いだけである。最善は自分の体に合った飲酒量を知り、節度を保って楽しむことだ。

「勿論、確実に二日酔いにならないという保証はなく、あくまで予防策だそうです」

「ああ！　なるほど、それで静っちの宴会には、途中で水を飲まされたり、最後に甘い物が出たりするのか」

「流石に宴席の最中に菓子を出すのは難しいので、それと判らないように糖分が多く取れる料理を供したりしているそうです」

「何とも有難い気遣いだな。そういう体面にまで配慮した気遣いができるのは流石としか言えん」

「そうですね」

四六は慶次が静子を褒めるのを聞いて、我がことのように誇らしく思えた。未だに恥ずかしくて口には出せないでいるが、四六は静子のことを母として慕っており、また人間として尊敬していた。

器は早い段階で静子に懐いたと周囲は思っているが、幼少期を共に過ごした四六だけは見抜いていた。

あれこそが器なりの処世術なのだと。相手にあからさまな好意を見せることで自分に敵意を向けられないようにするという悲しい処世術だ。

器が置かれた環境では、相手に好意を向けてすら害意で返された経緯があり、新しい環境下で自分を守るための数少ない自衛手段でもあった。

そんな器ですら今では心から静子を母と慕っている。世間から隔絶された経緯から浮世離れした性格までは変えようがないが、静子はそれすら理解した上で受け入れてくれている。

静子からすれば器よりもずっと重篤な症状の人々を知っているし、少し突飛な行動をする子だな程度で気にすることもない。

しかし、器にとって今まで存在自体を否定されたり、疎まれ虐待されたりしてきたことを思えば静子は器にとってだけでなく、彼女の庇護者を自任していた四六にとっても得難い理解者であった。

「四六殿は随分と静子殿を慕っておいでのようだ」

「そうですね。義母上には感謝しておりますし、心より尊敬もしています。だからこそ義母上の悲しむ様子は見たくありませぬ。少しでも笑顔になって頂くために、私にできることならば何でもしたい。しかし、だからと言って義母上が納得された別離に介入して良い理由とはならないと気が付きました」

酒が理性を麻痺させているのか、普段は心に秘めている言葉が自然と口を衝《つ》いて出る。

「きっと義母上と狼達の間には余人が立ち入れない絆があるのでしょう。それが少し羨ましくもありますね。私達では未だにそこまでの関係を構築できていませんから……」

「それは先人が積み上げてきた結果ですから、仕方のないことです。ただし貴方達には未来がある。ここから先にどのような関係となれるかはお二人次第です」

「ありがとうございます、与六様。そうですね、彼らが抜けた穴を我らが補えるように頑張ります」

「それは違うぜ、四六」

　これからのことを見据えて四六が語った内容を慶次が否定した。思わぬ反論に慶次の方へ目を向けると、慶次は普段と異なり真っすぐこちらを見つめている。

「誰かの代わりになる必要は無いんだ。あいつらの代わりは誰にも務まらないし、務めちゃいけない。お前はお前のやり方で、静っちを支えてやるんだ。そしてそれは遠い『いつか』じゃない、『今日から』始めるんだ。ここにいると忘れがちだが、この世は未だに乱世だ。今日と同じ明日が続くなんて誰にも保証なんてできやしないんだからな」

「然り。慶次殿の言うように、今日精一杯生きた者だけに明日はほほ笑むのです。毎日を精一杯生きておれば、いざ最期を迎える時も笑って逝けましょう」

　それはいくさ人らしい死生観を持った台詞であった。慶次も兼続も乱世の荒波を渡り生き抜いてきた身、いつ最期を迎えても悔いが残らないよう心掛けてきたのだ。

　だからこそ慶次は四六の『ヴィットマン達の代わり』に『いつかなり代わろう』という考えを否定した。これはある意味で正しいと言える、後悔は常に先に立たないものだからだ。

「お恥ずかしい限りです。私は未だに甘えが抜けきらぬようです。漫然と明日が与えられて当然と考えていたことを恥じ入るばかりです」

そう言って俯く四六を見て、慶次はその細い肩をがっしりと握ってにかりと笑って見せた。

「ま、これは心構えの話だ。なに、俺たちだって十全にやれている訳じゃない。ただ、今から始めるんだという心意気と、後悔しないための覚悟って奴だ」

慶次がそう言ってほほ笑むと、四六の肩に入っていた力がすっと抜けた。どうにも生真面目すぎる四六には、少し過剰に発破が掛かったようだった。

慶次は自分が四六と同じぐらいの年頃、いったい何をやっていたのかと思い返せばとても説教等できた立場ではない。

しかし、未来ある若者が自分と同じ轍《てつ》を踏んで後悔しないよう、思わず口出ししてしまうのも先達の常というものだろう。

それを煩わしく思うでもなく、真っすぐに受け入れている四六を慶次は好ましく思うとともに、少し眩しくもあった。

二人に礼を述べて先に休むと去っていく四六を見送り、慶次と兼続は次代の尾張へと想いを馳せて盃を交わした。

ヴィットマンとバルティの歩みはいつ止まっても不思議ではない状態だった。多少回復をしたものの、お互いに体を支え合って月明かりが照らす山道をゆっくりと歩む。

二頭の体力は既に尽きており、一歩ごとに体が休息を求めて悲鳴を上げている。しかし、今座りこんでしまえば、次に立ち上がり歩ける保証はない。

それでも二頭を衝き動かすのは、自分達の一生を価値あるものとした出会いを紡いだ場所へ帰りたいという思いだった。

やがて山道の中腹ほどにある何の変哲もない少し開けた場所へと辿り着いた。そこはかつてヴィットマンがバルティを連れて戻った際に、無法者に静子が襲われた場所であった。

静子の窮地を救い、バルティを伴って本当の意味で静子の家族となった場所。二頭はここを己の死地と定めていた。

二頭はどちらからともなく足を折って体を横たえる。ヴィットマンが麓へ目を向けると、闇の中にぽつりと光る点があった。

あの光の許に静子が居る。そこを眺めながら最期を迎えられるこの地は、二頭にとって格好の寝床であった。

ヴィットマンもバルティも、自分が生まれた場所には見当もつかない。またその生涯の殆どを過ごしたこの地と比べれば、何の愛着もなかった。

二頭は互いに毛づくろいをして、最期の瞬間が訪れるのを待った。しかし、その時不思議なことが起こった。

明らかに山頂の方から二頭を呼ぶ何者かの声がする。それは音ではなく、二頭の心に直接響く何かであった。

ヴィットマンとバルティはお互いに視線を合わせると、ゆっくりと立ち上がった。最早尽き果てたと思われた活力は不思議と満ち、今までよりもしっかりとした足取りで山頂を目指す。

二頭は自分達が山を目指したように、山が自分達を招いてくれているのを感じ、迷うことなく真っすぐに山頂へと歩を進めた。

ヴィットマンとバルティが山頂に辿り着くと、折よく雲の合間から月が顔を覗かせ、光の柱が天地を繋ぐように山頂の一角を照らした。

二頭は自分達を冴え冴えと照らし出す月に向かって力いっぱい吼えた。その力強い遠吠えは、遥か麓の静子の許まで届いたことだろう。


後の世において、『大神神社《おおかみ》』（※奈良県桜井市の大神神社《おおみわ》とは異なる）の縁起はこのように記されている。

戦国の申し子、綾小路静子を援《たす》けるために天は二頭の巨大な狼を遣わせた。その姿は雪の様に白く、輝くような毛並みを持った熊をも凌駕《りょうが》する巨獣であった。

戦火の絶えぬ日ノ本を憂えた天が、乱世の魔王こと『織田信長』の許へ彼女を送り出した。静子という女傑は、身の丈六尺を超える隆々たる体軀を誇り、神算鬼謀《しんさんきぼう》を以て信長を支えるだけでなく、剛力無双でも知られる。

彼女はその恐るべき頭脳を以て、戦国最強と謳われた武田を破った。また狼に跨って戦場を駆り、自らが先陣を切って敵を粉砕したという。

しかし、そんな彼女らも信長の天下統一が成るとその役目を終えて天へ還る時が来た。彼女と二頭の神使は、山頂へ辿り着くと月へと祈りを捧げた。

すると天を割って光の柱が地へと伸び、山頂と天は光の柱で結ばれた。そしてその光に招かれるように、一人と二頭は天へと還っていったとされている。

彼女と二頭の狼の功績を称え、信長は山頂に『大神神社』を建立したのだと言う。

静子が実際にこれを目にすれば噴飯ものの縁起だが、これは後世の人々が山と神社の権威を盛り上げるため、話をこれでもかと盛り続けた結果であった。

そもそも大神神社の祭神となったヴィットマンは灰色狼であったし、バルティも同種だろう。輝くような真っ白の毛並み等持っているはずもなく、流石に熊と比べれば随分と小さい。

更に戦国の世では大女の部類ではあるとはいえ、静子は小柄であったし剛力無双とは程遠い。

長可を筆頭とした配下がやらかした事件が何故か静子の仕業として伝えられた結果、彼女はゴリラもかくやという姿で描かれるようになった。

曰く、素手で鎧武者を殴り殺したに始まり、道なき道を狼に跨って駆け、一夜にして尾張から京へと辿り着いたという荒唐《こうとう》無稽《むけい》なものまで枚挙にいとまがない。

しかし、そうした後世の人々の努力が実り、不便な山奥の更に山頂という辺鄙《へんぴ》な位置にあるというのに大神神社は大層賑わっている。

静子の神算鬼謀に肖《あやか》った学業成就を筆頭に、家内安全・厄年厄祓い・事業安全・商売繁盛・事業繁盛・受験必勝・無病息災・病気平癒・出産安産・身体健康・交通安全・心願成就・諸災消除・八方除に霊験があるとされた。

この神社で叶わないのは静子が生涯独身を貫いたとされるため、縁結びだけであったとか。

書き下ろし番外編　物流の女王

静子が手掛ける全ての事業の根幹にあるのはインフラ整備である。街道整備は勿論のこと、人口が集中する都市部に於いては上下水道が張り巡らされている。

また物流の起点となる港湾部とその沿岸都市では、船舶整備用の乾式ドックが稼働していたり、大型倉庫や常設の市場を皮切りに港湾作業従事者が生活する集合住宅までが整備されていたりする。

更には観光客や商人等が利用する宿泊施設や、娯楽施設、飲食店街などが軒を連ね、港湾都市から織田領各地の宿場町へと続く街道では駅馬車が頻繁に行き来する姿が見られる。

巷《ちまた》では『尾張に無いものなし』とまことしやかに囁《ささや》かれるようになり、西の堺に対して東の尾張と並び称される程になっていた。

現代であれば物流の根幹を成すのは陸路と海路、少し性格が異なるが空路も活用されているが、機械化が進んでいない戦国時代に於いては河川舟運《かせんしゅううん》も重要な地位を占めていた。

スターリングエンジンは実用化しているものの、蒸気機関への切り替えが進まない現状、内陸部での物流を充実させるためにも静子は河川の整備に着手していた。

水深の浅い河川では、喫水線を深く取る機械化船舶よりも構造が単純で平底の高瀬舟の方が適しており、これを大量に製造して運用を始めた。

高瀬舟が河川を行き来するようになると、史実に於いても川船の代表と称されただけあって人々の注目を集め、各所から注文が殺到することになった。

高度な工作技術を擁《よう》する静子は、高瀬舟の部品を規格化することにより、安価かつ整備のしやすい環境を作り出した上で大量生産を始めた。

この一大ブームが生み出した巨額の利益を元手に、静子は河川の整備へと乗り出した。急流を制するための支流を設けたり、浸食が進んでいる場所では護岸工事を行ったりと大規模な土木工事に投資している。

更に河川の開削を行い、運河を通すことによって材木等の重量物の運搬効率が飛躍的に伸びた。中でも大型の高瀬舟に於いては、規格化されたコンテナでの運搬方式を採用し、専用の積み下ろし設備がある場所にしか停泊できない代わりに大量の積荷を効率的に運搬することができた。

大型のコンテナともなれば到底人力で積み下ろしなどできるはずもなく、油圧式のジャッキ及びトルクリールを組み込んだ機械式クレーンで行うことになる。

スターリングエンジンの実用化により育まれた技術は、密閉式の油圧シリンダーをも実現し、動力クレーンなどの水車動力で稼働する重機が運用されるまでになっていた。

ただし、設備が大型化するため設置場所を選ぶ必要があり、天然の良港があるならばそれを利用し、無いのならば埋め立てや掘り込みなどの土木工事を駆使して、緻密に設計された港を各地に作り上げた。

これにより尾張から志摩や伊勢、三河など近隣の国々との流通が活発になり、多くの物質が行き来するようになった。

これらは陸路や海路とも連携し、東国だけに留まらず堺や、場合によっては九州まで運ばれることすらあった。

大規模なインフラ整備と、それらの効率を支える技術革新によって、尾張は物流の中心地へと上り詰めた。

静子が投じた私財の総額は不明だが、少なくとも現代の貨幣価値に換算して五百億円を下回ることはあるまい。

しかし、これほどの巨資を投じていると言うのに静子が困窮する様子は無かった。何故なら活発化した河川舟運のお陰で、船舶代金及び整備費、通行料や港の設備使用料を徴収するだけで投資した金額以上の収益を上げることができたからだ。

「相も変わらず静子の上納金だけが、他と比べて頭抜けておるな」

信長は静子から送られてきた報告を見て苦笑する。静子は投じた費用を回収し、黒字化した流路に関して一定の資金を保険金としてプールした後、各種経費を差し引いた後の利益を関係各所に分配していた。

信長は静子の主君でもあり、静子の事業へ巨額の出資を行う大株主でもあった。このため信長には静子の事業から定期的に配当金が入ってくる。

更にそれとは別口で、静子から上納金として余剰の資金が送られてくるのだ。静子は事業収益の多くを配下や株主に還元しているため、静子自身が手にする利益はそれほど多くない。

静子が手掛ける事業は、農林水産業の一次産業を始め、製造・建設やインフラの二次産業、物流やサービス業など三次産業まで広くカバーしており、所謂《いわゆる》六次産業化を成し遂げている。

このため、静子の処で富が滞留するようになってしまい、経済の活性化を妨げるようになる。これを避けるためにも、せっせと富の再配分を行うべく信長へと上納しているのだ。

「わしならば資金を有効活用できると思ってのことだろうが……まだまだ脇が甘いな。これだけの金が集まるとなれば、人の耳目を惹き付けぬ訳があるまい」

静子が信長に供給する物資や資金が、信長の権勢を支える原動力となっているのは周知の事実である。

このため静子に介入しようとする勢力は、織田家内だけに留まらず日ノ本中の権力者が名を連ねることになる。

直接的な干渉に対しては信長が矢面に立つことで防げるが、何時の時代も道理を弁えぬ不心得者はいるもので、静子から利益を掠め取ろうとする者や静子を害そうとする者は後を絶たない。

しかし、それらが功を奏すことはない。何故なら静子も今や織田家の重鎮であり、五摂家筆頭である近衛家に名を連ねるに至っている。

下手に手を出そうものなら火傷を負うどころか、一族郎党皆殺しに遭うことすらあり得た。

「しかし、上納金の見返りに保津川開削の調整を願うとは、奴も人使いが上手くなったものよ」

保津川とは淀川水系の一部で、京都府南部を流れる川の名前だ。上流部は大堰《おおい》川と呼ばれ、京都盆地を出てからは桂川へと名前を変える。

この川は丹波と京を結ぶ重要な交通路だが、急流な上に流域の各所が曲がっており、船舶の運航が非常に困難であった。この川を開削して安定した運河とする計画を静子は信長に上申していた。

計画書を見た信長は、利を生むと判断して了承する。静子は保津川流域を支配する明智光秀にも計画を打診し、こちらもスムーズに参画への了承を取り付けた。

光秀にとってこの計画は諸手を挙げて歓迎すべきものであった。何しろ大堰川から保津川、そして桂川まで開削されれば丹波の農作物や材木が京に運べるようになる。

河川の流域を支配する光秀には各種の税や、利用者が落とす金によって巨利を見込めた。

この計画は史実に於いて角倉了以《すみのくらりょうい》と呼ばれる京都の豪商が行った開削を元にしている。

私財を投じて大堰川や高瀬川の開削を行い、江戸幕府の命を受け富士川や天竜川なども整備するなど、商人でありながら治水事業や河川開発で名を馳せた。

それが為、京都では商人ではなく『水運の父』として知られている。

余談だが了以の本姓は吉田家で、元は室町幕府のお抱え医者であった。その医業で得た資金を以て土倉（金融業）を営み、その土倉の一つが『角倉』と呼ばれ、彼の名字の由来となっている。

「他にも物流路の整備願いが届いておるな。静子め、全ての流通を牛耳るつもりか。南蛮では女の王を女王と呼ぶらしいが、ここに至れば静子も『物流の女王』と呼ぶべきか……ふっ、あれほど『王』が似合わぬ者もおらぬだろうな」

王冠を戴き、きらびやかな衣装で農作業をしている静子を思い浮かべ、信長は呵々《かか》大笑していた。

あとがき

アース・スターノベル読者の皆様、夾竹桃と申します。

一気に本巻までお買い上げ頂いたという奇特な方は、はじめまして。前巻から引き続きご購入頂いている皆様、ご無沙汰しております。

毎度恒例となっておりますが謝辞も12回を数えるに至りました。ここまでこられたのも偏《ひとえ》に読者の皆様によるご支援の賜物《たまもの》と御礼申し上げます。


さて、いつもならばあとがきのネタがなくて右往左往している私ですが、今回ばかりは違います。あまり代わり映えの無い日常を送っている私ですが、帯コメントで目にされた方はご存じのように自転車を購入致しました。

私は普通二輪及び普通自動車免許を取得していますが、既に10年以上も運転をしていないため無駄にゴールド免許を所持しているペーパードライバーです。

たまに運転して欲しいと言われることがありますが、断固拒否しております。何故ならブランクが長すぎて運転技術がお察しのうえ、交通ルールも覚えているか怪しいからです。

しかし、運転免許証は身分証明書として非常に便利であるため、まめに更新だけはしている状況です。


そんな私の交通手段は専ら電車と徒歩であり、稀にバスやタクシーを利用しております。

幸いにして都市部で生活しているため、それほど不便では無いのですが、電車等に乗るまでもないけど徒歩では遠いという微妙な距離感のところへ行くのが億劫《おっくう》でした。

そんな時に今回購入した自転車が活躍します。一口に自転車と言っても色々ありますが、私が購入したのはロードバイクやクロスバイクではなく、シティサイクル。所謂《いわゆる》ママチャリという奴です。

シティサイクルを選んだ一番の理由は価格です。執筆業にありがちな運動不足の私は、当初電動アシスト付自転車を検討していたのですが、自転車自体の使用頻度と価格等を考慮した結果、選ばれたのはシティサイクルでした。

自転車を購入して以降、活動範囲が広がりました。近場での移動は専ら自転車を使うようになり、運動不足解消にもなっているのですが、駐輪場探しに少し難儀しています。

自転車がまとめて駐車している処は駐輪場かと思うのですが、確認してみると単に路上駐車が集まっているだけだったこともあり、改めて駐輪場の少なさに驚きます。

市営の駐輪場もあるのですが、何故そんな位置に設置したんだと問いたくなるような場所にあったりします。主要交通機関との連携に不便な位置が多く、恐らく地代が安かったんでしょうね。

とは言え、駐輪場探し以外では快適な自転車ライフを送っております。

そして自転車に乗るようになってから気付いたのですが、夜間の無灯火運転をしている自転車が実に多いのです。

私も警官に呼び止められ、ライト系のチェックをされたことがあります。

警官が定期的にチェックを実施するぐらいですから、相当数の無灯火運転者が居るのだと推測されます。実際に私も多くの無灯火自転車とすれ違っています。

知人から聞いた話によれば、近頃は自転車ショップ側がライトをセットで購入するか、装着するライトを見せないと引き渡ししない等の対応をするようです。

飲酒運転に対する酒類提供側が負う責任に似たような状況ですが、ショップ側の責任を回避するためにも正しい対処だとは思います。

自転車は徒歩の延長線上にあると思われがちですが、道路交通法上は軽車両という扱いになります。

つまりは交通弱者ではなく、弱者を保護する責任を負う立場です。しかし無灯火だけに飽き足らず、スマホ操作やイヤホン装着、歩行者専用道路を走行など問題行動が横行しています。

私が実際に目撃した中での最悪パターンは、スマホを片手で操作しつつ、もう片方の手には缶ビール。器用にハンドル操作しつつスマホを弄りながら、時折ビールも飲むという曲芸じみた運転を見せてくれました。

因みに目撃場所はなんと国道であり、ハンドル操作が怪しいのも相俟《あいま》って、割と車道にはみ出すようにして走行しています。

当然のように車道では大型トラックも高速で行き交っていますので、すわ自殺志願者かと戦慄したものです。

少し疑問に思って調べたのですが、自転車に乗りながらビールを飲むのは飲酒運転に該当するようです。飲んだら乗っちゃいけません。

因みに私は過剰な程に自衛手段を講じてやっと安心するタイプの人間なので、自転車保険も個人賠償責任無制限、示談代行サービスに法律や弁護士費用が出る奴に加入し、前後のドライブレコーダーに加え、テールランプを２つ搭載、車両装備の前方ライトに加えて予備の懐中電灯も携行して自転車に乗っています。

ここまでやっても不慮の事故は避けられませんし、最悪の場合でも最低限の責任は果たしたという自己弁護の為にも必要経費と考えてお金をかけております。

ドライブレコーダーは過剰だと言われることも多いのですが、事故の際に客観的な証拠というのは重要です。どうしても当事者では自分が有利になるよう記憶を改竄《かいざん》しちゃうことも多いようです。

自転車用ドライブレコーダーを探していて思ったのですが、バイクや自動車用と異なり電源を確保できない自転車用の商品は殆どありません。

バイク用でかつ、バッテリー内蔵タイプを流用しているのが現状ですが、もっと自転車用が充実すると嬉しいですね。

なんだかとりとめのない話をしていたら紙幅も尽きて参りました。

ここまで近況報告擬《もど》きのあとがきにお付き合い頂き、ありがとうございます。

本書の出版にご尽力頂きました担当編集T様、イラストレーターの平沢下戸様、校正や印刷所など本書の出版にかかわってくださった方々、そして本書をお手に取ってくださった貴方に感謝を。

２０１９年11月　夾竹桃　拝

ペットはたくさん
いても、
やっぱり最初の子
は特別ですね
……
平沢

早いもので　12巻…
今回も　おつきあいいただき
ありがとうございました！

EARTH STAR NOVEL

戦国小町苦労譚　十二、　哀惜の刻

発行 ―――――――― 2020年1月16日　初版第1刷発行

著者 ―――――――― 夾竹桃

イラストレーター ―――― 平沢下戸

装丁デザイン ―――――― 鈴木大輔（SOUL DESIGN）

発行者 ―――――――― 幕内和博

編集 ―――――――― 筒井さやか

発行所 ―――――――― 株式会社 アース・スター エンターテイメント
〒141-0021　東京都品川区上大崎3-1-1
目黒セントラルスクエア　5F
TEL：03-5561-7630
FAX：03-5561-7632
https://www.es-novel.jp/

印刷・製本 ―――――― 図書印刷株式会社

ISBN 978-4-8030-1369-6